Delphine Chimbaud
3e B —

Histoire: 1924

COLLECTION FOLIO

Jules Romains

de l'Académie française

Knock

ou

Le triomphe de la Médecine

TROIS ACTES

Gallimard

A Louis Jouvet.

PERSONNAGES

KNOCK.

LE DOCTEUR PARPALAID.

MOUSQUET.

BERNARD.

LE TAMBOUR DE VILLE.

PREMIER GARS.

DEUXIÈME GARS.

SCIPION.

JEAN.

MADAME PARPALAID.

MADAME RÉMY.

LA DAME EN NOIR.

LA DAME EN VIOLET.

LA BONNE.

VOIX DE MARIETTE, *à la cantonade.*

*Cette pièce a été représentée pour la première fois à Paris, à la Comédie des Champs-Élysées, le 15 décembre 1923, sous la direction de Jacques Hébertot, avec la mise en scène et les décors de Louis Jouvet. Les rôles étaient tenus par M*mes *Coutant-Lambert, Irma Perrot, Iza Reyner, Mag. Bérubet, J. Tisserand; et par MM. Louis Jouvet, A. Héraut, Evséeff, Gaultier, Ben Danou, Salis, Mamy, Saint-Isles.*

ACTE I

L'action se passe à l'intérieur ou autour d'une automobile très ancienne, type 1900-1902. Carrosserie énorme (double phaéton arrangé sur le tard en simili-torpédo, grâce à des tôles rapportées). Cuivres volumineux. Petit capot en forme de chaufferette.

Pendant une partie de l'acte, l'auto se déplace. On part des abords d'une petite gare pour s'élever ensuite le long d'une route de montagne.

SCÈNE UNIQUE

KNOCK, LE DOCTEUR PARPALAID,
MADAME PARPALAID, JEAN

LE DOCTEUR PARPALAID

Tous vos bagages sont là, mon cher confrère?

KNOCK

Tous, docteur Parpalaid.

LE DOCTEUR

Jean les casera près de lui. Nous tiendrons très bien tous les trois à l'arrière de la voiture. La carrosserie est si spacieuse, les strapontins si confortables! Ah! ce n'est pas la construction étriquée de maintenant!

KNOCK, *à Jean,*
au moment où il place la caisse.

Je vous recommande cette caisse. J'y ai logé quelques appareils, qui sont fragiles.

Jean commence à empiler les bagages de Knock.

MADAME PARPALAID

Voilà une torpédo que je regretterais longtemps si nous faisions la sottise de la vendre.

Knock regarde le véhicule avec surprise.

LE DOCTEUR

Car c'est, en somme, une torpédo, avec les avantages de l'ancien double-phaéton.

KNOCK

Oui, oui.

Toute la banquette d'avant disparaît sous l'amas.

LE DOCTEUR

Voyez comme vos valises se logent facilement! Jean ne sera pas gêné du tout. Il est même dommage que vous n'en ayez pas plus. Vous vous seriez mieux rendu compte des commodités de ma voiture.

KNOCK

Saint-Maurice est loin?

LE DOCTEUR

Onze kilomètres. Notez que cette distance du chemin de fer est excellente pour la fidélité de la clientèle. Les malades ne vous jouent pas le tour d'aller consulter au chef-lieu.

KNOCK

Il n'y a donc pas de diligence?

LE DOCTEUR

Une guimbarde si lamentable qu'elle donne envie de faire le chemin à pied.

MADAME PARPALAID

Ici l'on ne peut guère se passer d'automobile.

LE DOCTEUR

Surtout dans la profession.

Knock reste courtois et impassible.

JEAN, *au docteur.*

Je mets en marche?

LE DOCTEUR

Oui, commencez à mettre en marche, mon ami.

Jean entreprend toute une série de manœuvres : ouverture du capot, dévissage des bougies, injection d'essence, etc.

MADAME PARPALAID, *à Knock.*

Sur le parcours le paysage est délicieux. Zénaïde Fleuriot l'a décrit dans un de ses plus beaux romans, dont j'ai oublié le titre. *(Elle monte en voiture. A son mari.)* Tu prends le strapontin, n'est-ce pas?

Le docteur Knock se placera près de moi pour bien jouir de la vue...

Knock s'assied à la gauche de Mme Parpalaid.

LE DOCTEUR

La carrosserie est assez vaste pour que trois personnes se sentent à l'aise sur la banquette d'arrière. Mais il faut pouvoir s'étaler lorsqu'on contemple un panorama. *(Il s'approche de Jean.)* Tout va bien? L'injection d'essence est terminée? Dans les deux cylindres? Avez-vous pensé à essuyer un peu les bougies? C'eût été prudent après une étape de onze kilomètres. Enveloppez bien le carburateur. Un vieux foulard vaudrait mieux que ce chiffon. *(Pendant qu'il revient vers l'arrière.)* Parfait! parfait! *(Il monte en voiture.)* Je m'assois — pardon, cher confrère — je m'assois sur ce large strapontin, qui est plutôt un fauteuil pliant.

MADAME PARPALAID

La route ne cesse de s'élever jusqu'à Saint-Maurice. A pied, avec tous ces bagages, le trajet serait terrible. En auto, c'est un enchantement.

LE DOCTEUR

Jadis, mon cher confrère, il m'arrivait de taquiner la muse. J'avais composé un sonnet, de quatorze vers, sur les magnificences naturelles qui vont s'offrir à nous. Du diable si je me le rappelle encore.

« Profondeurs des vallons, retraites pastorales... »

Jean tourne désespérément la manivelle.

MADAME PARPALAID

Albert, depuis quelques années, tu t'obstines à dire « Profondeurs ». C'est « Abîmes des vallons » qu'il y avait dans les premiers temps.

LE DOCTEUR

Juste! Juste! *(On entend une explosion.)* Écoutez, mon cher confrère, comme le moteur part bien. A peine quelques tours de manivelle pour appeler les gaz, et tenez... une explosion... une autre... voilà! voilà!... Nous marchons.

Jean s'installe. Le véhicule s'ébranle. Le paysage peu à peu se déroule.

LE DOCTEUR, *après quelques instants de silence.*

Croyez-m'en, mon cher successeur! *(Il donne une tape à Knock.)* Car vous êtes dès cet instant mon successeur! Vous avez fait une bonne affaire. Oui, dès cet instant ma clientèle est à vous. Si même, le long de la route, quelque patient, me reconnaissant au passage, malgré la vitesse, réclame l'assistance de mon art, je m'efface en déclarant : « Vous vous trompez, monsieur. Voici le médecin du pays. » *(Il désigne Knock.)* Et je ne ressors de mon trou *(pétarades du moteur)* que si vous m'invitez formellement à une consultation contradictoire. *(Péta-*

rades.) Mais vous avez eu de la chance de tomber sur un homme qui voulait s'offrir un coup de tête.

MADAME PARPALAID

Mon mari s'était juré de finir sa carrière dans une grande ville.

LE DOCTEUR

Lancer mon chant du cygne sur un vaste théâtre! Vanité un peu ridicule, n'est-ce pas? Je rêvais de Paris, je me contenterai de Lyon.

MADAME PARPALAID

Au lieu d'achever tranquillement de faire fortune ici!

Knock, tour à tour, les observe, médite, donne un coup d'œil au paysage.

LE DOCTEUR

Ne vous moquez pas trop de moi, mon cher confrère. C'est grâce à cette toquade que vous avez ma clientèle pour un morceau de pain.

KNOCK

Vous trouvez?

LE DOCTEUR

C'est l'évidence même!

KNOCK

En tout cas, je n'ai guère marchandé.

LE DOCTEUR

Certes, et votre rondeur m'a plu. J'ai beaucoup aimé aussi votre façon de traiter par correspondance et de ne venir sur place qu'avec le marché en poche. Cela m'a semblé chevaleresque, ou même américain. Mais je puis bien vous féliciter de l'aubaine : car c'en est une. Une clientèle égale, sans à-coups...

MADAME PARPALAID

Pas de concurrent.

LE DOCTEUR

Un pharmacien qui ne sort jamais de son rôle.

MADAME PARPALAID

Aucune occasion de dépense.

LE DOCTEUR

Pas une seule distraction coûteuse.

MADAME PARPALAID

Dans six mois, vous aurez économisé le double de ce que vous devez à mon mari.

LE DOCTEUR

Et je vous accorde quatre échéances trimestrielles

pour vous libérer! Ah! sans les rhumatismes de ma femme, je crois que j'aurais fini par vous dire non.

KNOCK

Mme Parpalaid est rhumatisante?

MADAME PARPALAID

Hélas!

LE DOCTEUR

Le climat, quoique très salubre en général, ne lui valait rien en particulier.

KNOCK

Y a-t-il beaucoup de rhumatisants dans le pays?

LE DOCTEUR

Dites, mon cher confrère, qu'il n'y a que des rhumatisants.

KNOCK

Voilà qui me semble d'un grand intérêt.

LE DOCTEUR

Oui, pour qui voudrait étudier le rhumatisme.

KNOCK, *doucement.*

Je pensais à la clientèle.

LE DOCTEUR

Ah! pour ça, non. Les gens d'ici n'auraient pas plus l'idée d'aller chez le médecin pour un rhumatisme, que vous n'iriez chez le curé pour faire pleuvoir.

KNOCK

Mais... c'est fâcheux.

MADAME PARPALAID

Regardez, docteur, comme le point de vue est ravissant. On se croirait en Suisse.

Pétarades accentuées.

JEAN, *à l'oreille du docteur Parpalaid.*

Monsieur, monsieur. Il a quelque chose qui ne marche pas. Il faut que je démonte le tuyau d'essence.

LE DOCTEUR, *à Jean.*

Bien, bien!... *(Aux autres.)* Précisément, je voulais vous proposer un petit arrêt ici.

MADAME PARPALAID

Pourquoi?

LE DOCTEUR, *lui faisant des regards expressifs.*

Le panorama... hum!... n'en vaut-il pas la peine?

MADAME PARPALAID

Mais, si tu veux t'arrêter, c'est encore plus joli un peu plus haut.

La voiture stoppe. Mme Parpalaid comprend.

LE DOCTEUR

Eh bien! nous nous arrêterons aussi un peu plus haut. Nous nous arrêterons deux fois, trois fois, quatre fois, si le cœur nous en dit. Dieu merci, nous ne sommes pas des chauffards. *(A Knock.)* Observez, mon cher confrère, avec quelle douceur cette voiture vient de stopper. Et comme là-dessus vous restez constamment maître de votre vitesse. Point capital dans un pays montagneux. *(Pendant qu'ils descendent.)* Vous vous convertirez à la traction mécanique, mon cher confrère, et plus tôt que vous ne pensez. Mais gardez-vous de la camelote actuelle. Les aciers, les aciers, je vous le demande, montrez-nous vos aciers.

KNOCK

S'il n'y a rien à faire du côté des rhumatismes, on doit se rattraper avec les pneumonies et pleurésies?

LE DOCTEUR, *à Jean.*

Profitez donc de notre halte pour purger un peu le tuyau d'essence. *(A Knock.)* Vous me parliez, mon cher confrère, des pneumonies et pleurésies? Elles sont rares. Le climat est rude, vous le savez. Tous les nouveau-nés chétifs meurent dans les six premiers mois, sans que le médecin ait à intervenir, bien entendu. Ceux qui survivent sont des gaillards durs à cuire. Toutefois, nous avons des apoplectiques et des cardiaques. Ils ne s'en doutent pas une seconde et meurent foudroyés vers la cinquantaine.

KNOCK

Ce n'est pas en soignant les morts subites que vous avez pu faire fortune?

LE DOCTEUR

Évidemment. *(Il cherche.)* Il nous reste... d'abord la grippe. Pas la grippe banale, qui ne les inquiète en aucune façon, et qu'ils accueillent même avec faveur parce qu'ils prétendent qu'elle fait sortir les humeurs viciées. Non, je pense aux grandes épidémies mondiales de grippe.

KNOCK

Mais ça, dites donc, c'est comme le vin de la comète. S'il faut que j'attende la prochaine épidémie mondiale!...

LE DOCTEUR

Moi qui vous parle, j'en ai vu deux : celle de 89-90 et celle de 1918.

MADAME PARPALAID

En 1918, nous avons eu ici une très grosse mortalité, plus, relativement, que dans les grandes villes. *(A son mari.)* N'est-ce pas? Tu avais comparé les chiffres.

LE DOCTEUR

Avec notre pourcentage nous laissions derrière nous quatre-vingt-trois départements.

KNOCK

Ils s'étaient fait soigner?

LE DOCTEUR

Oui, surtout vers la fin.

MADAME PARPALAID

Et nous avons eu de très belles rentrées à la Saint-Michel.

Jean se couche sous la voiture.

KNOCK

Plaît-il?

MADAME PARPALAID

Ici, les clients vous payent à la Saint-Michel.

KNOCK

Mais... quel est le sens de cette expression? Est-ce un équivalent des calendes grecques, ou de la Saint-Glinglin?

LE DOCTEUR, *de temps en temps il surveille du coin de l'œil le travail du chauffeur.*

Qu'allez-vous penser, mon cher confrère? La

Saint-Michel est une des dates les plus connues du calendrier. Elle correspond à la fin septembre.

KNOCK, *changeant de ton.*

Et nous sommes au début d'octobre. Ouais! Vous, au moins, vous avez su choisir votre moment pour vendre. *(Il fait quelques pas, réfléchit.)* Mais, voyons! si quelqu'un vient vous trouver pour une simple consultation, il vous paye bien séance tenante?

LE DOCTEUR

Non, à la Saint-Michel!... C'est l'usage.

KNOCK

Mais s'il ne vient que pour une consultation seule et unique! Si vous ne le revoyez plus de toute l'année?

LE DOCTEUR

A la Saint-Michel.

MADAME PARPALAID

A la Saint-Michel.

Knock les regarde. Silence.

MADAME PARPALAID

D'ailleurs, les gens viennent presque toujours pour une seule consultation.

KNOCK

Hein?

MADAME PARPALAID

Mais oui.

Le docteur Parpalaid prend des airs distraits.

KNOCK

Alors, qu'est-ce que vous faites des clients réguliers?

MADAME PARPALAID

Quels clients réguliers?

KNOCK

Eh bien! ceux qu'on visite plusieurs fois par semaine, ou plusieurs fois par mois?

MADAME PARPALAID, *à son mari.*

Tu entends ce que dit le docteur? Des clients comme en a le boulanger ou le boucher? Le docteur est comme tous les débutants. Il se fait des illusions.

LE DOCTEUR, *mettant la main sur le bras de Knock.*

Croyez-moi, mon cher confrère. Vous avez ici le meilleur type de clientèle : celle qui vous laisse indépendant.

KNOCK

Indépendant? Vous en avez de bonnes!

LE DOCTEUR

Je m'explique! Je veux dire que vous n'êtes pas à la merci de quelques clients, susceptibles de guérir d'un jour à l'autre, et dont la perte fait chavirer votre budget. Dépendant de tous, vous ne dépendez de personne. Voilà.

KNOCK

En d'autres termes, j'aurais dû apporter une provision d'asticots et une canne à pêche. Mais peut-être trouve-t-on ça là-haut? *(Il fait quelques pas, médite, s'approche de la guimbarde, la considère, puis se retournant à demi.)* La situation commence à devenir limpide. Mon cher confrère, vous m'avez cédé — pour quelques billets de mille, que je vous dois encore — une clientèle de tous points assimilable à cette voiture *(il la tapote affectueusement)* dont on peut dire qu'à dix-neuf francs elle ne serait pas chère, mais qu'à vingt-cinq elle est au-dessus de son prix. *(Il la regarde en amateur.)* Tenez! Comme j'aime à faire les choses largement, je vous en donne trente.

LE DOCTEUR

Trente francs? De ma torpédo? Je ne la lâcherais pas pour six mille.

KNOCK, *l'air navré.*

Je m'y attendais! *(Il contemple de nouveau la guimbarde.)* Je ne pourrai donc pas acheter cette voiture.

LE DOCTEUR

Si, au moins, vous me faisiez une offre sérieuse!

KNOCK

C'est dommage. Je pensais la transformer en bahut breton. *(Il revient.)* Quant à votre clientèle, j'y renoncerais avec la même absence d'amertume s'il en était temps encore.

LE DOCTEUR

Laissez-moi vous dire, mon cher confrère, que vous êtes victime... d'une fausse impression.

KNOCK

Moi, je croirais volontiers que c'est plutôt de vous que je suis victime. Enfin, je n'ai pas coutume de geindre, et quand je suis roulé, je ne m'en prends qu'à moi.

MADAME PARPALAID

Roulé! Proteste, mon ami. Proteste.

LE DOCTEUR

Je voudrais surtout détromper le docteur Knock.

KNOCK

Pour vos échéances, elles ont le tort d'être trimestrielles, dans un climat où le client est annuel. Il faudra corriger ça. De toute façon, ne vous tourmentez pas à mon propos. Je déteste avoir des dettes. Mais c'est en somme beaucoup moins douloureux qu'un lumbago, par exemple, ou qu'un simple furoncle à la fesse.

MADAME PARPALAID

Comment! Vous ne voulez pas nous payer? aux dates convenues?

KNOCK

Je brûle de vous payer, madame, mais je n'ai aucune autorité sur l'almanach, et il est au-dessus de mes forces de faire changer de place la Saint-Glinglin.

MADAME PARPALAID

La Saint-Michel!

KNOCK

La Saint-Michel!

LE DOCTEUR

Mais vous avez bien des réserves?

KNOCK

Aucune. Je vis de mon travail. Ou plutôt, j'ai

hâte d'en vivre. Et je déplore d'autant plus le caractère mythique de la clientèle que vous me vendez, que je comptais lui appliquer des méthodes entièrement neuves. *(Après un temps de réflexion et comme à part lui.)* Il est vrai que le problème ne fait que changer d'aspect.

LE DOCTEUR

En ce cas, mon cher confrère, vous seriez deux fois coupable de vous abandonner à un découragement prématuré, qui n'est que la rançon de votre inexpérience. Certes, la médecine est un riche terroir. Mais les moissons n'y lèvent pas toutes seules. Vos rêves de jeunesse vous ont un peu leurré.

KNOCK

Votre propos, mon cher confrère, fourmille d'inexactitudes. D'abord, j'ai quarante ans. Mes rêves, si j'en ai, ne sont pas des rêves de jeunesse.

LE DOCTEUR

Soit. Mais vous n'avez jamais exercé.

KNOCK

Autre erreur.

LE DOCTEUR

Comment? Ne m'avez-vous pas dit que vous veniez de passer votre thèse l'été dernier?

KNOCK

Oui, trente-deux pages in-octavo : *Sur les prétendus états de santé*, avec cette épigraphe, que j'ai attribuée à Claude Bernard : « Les gens bien portants sont des malades qui s'ignorent. »

LE DOCTEUR

Nous sommes d'accord, mon cher confrère.

KNOCK

Sur le fond de ma théorie?

LE DOCTEUR

Non, sur le fait que vous êtes un débutant.

KNOCK

Pardon! Mes études sont, en effet, toutes récentes. Mais mon début dans la pratique de la médecine date de vingt ans.

LE DOCTEUR

Quoi! Vous étiez officier de santé? Depuis le temps qu'il n'en reste plus!

KNOCK

Non, j'étais bachelier.

MADAME PARPALAID

Il n'y a jamais eu de bacheliers de santé.

KNOCK

Bachelier ès lettres, madame.

LE DOCTEUR

Vous avez donc pratiqué sans titres et clandestinement?

KNOCK

A la face du monde, au contraire, et non pas dans un trou de province, mais sur un espace d'environ sept mille kilomètres.

LE DOCTEUR

Je ne vous comprends pas.

KNOCK

C'est pourtant simple. Il y a une vingtaine d'années, ayant dû renoncer à l'étude des langues romanes, j'étais vendeur aux « Dames de France » de Marseille, rayon des cravates. Je perds mon emploi. En me promenant sur le port, je vois annoncé qu'un vapeur de 1 700 tonnes à destination des Indes demande un médecin, le grade de docteur n'étant pas exigé. Qu'auriez-vous fait à ma place?

LE DOCTEUR

Mais... rien, sans doute.

KNOCK

Oui, vous, vous n'aviez pas la vocation. Moi,

je me suis présenté. Comme j'ai horreur des situations fausses, j'ai déclaré en entrant : « Messieurs, je pourrais vous dire que je suis docteur, mais je ne suis pas docteur. Et je vous avouerai même quelque chose de plus grave : je ne sais pas encore quel sera le sujet de ma thèse. » Ils me répondent qu'ils ne tiennent pas au titre de docteur et qu'ils se fichent complètement de mon sujet de thèse. Je réplique aussitôt : « Bien que n'étant pas docteur, je désire, pour des raisons de prestige et de discipline, qu'on m'appelle docteur à bord. » Ils me disent que c'est tout naturel. Mais je n'en continue pas moins à leur expliquer pendant un quart d'heure les raisons qui me font vaincre mes scrupules et réclamer cette appellation de docteur à laquelle, en conscience, je n'ai pas droit. Si bien qu'il nous est resté à peine trois minutes pour régler la question des honoraires.

LE DOCTEUR

Mais vous n'aviez réellement aucune connaissance?

KNOCK

Entendons-nous! Depuis mon enfance, j'ai toujours lu avec passion les annonces médicales et pharmaceutiques des journaux, ainsi que les prospectus intitulés « mode d'emploi » que je trouvais enroulés autour des boîtes de pilules et des flacons de sirop qu'achetaient mes parents. Dès l'âge de neuf ans, je savais par cœur des tirades entières sur l'exonération imparfaite du constipé. Et encore aujourd'hui, je puis vous réciter une lettre admirable, adressée en 1897 par la veuve P..., de Bourges, à la Tisane américaine des Shakers. Voulez-vous?

LE DOCTEUR

Merci, je vous crois.

KNOCK

Ces textes m'ont rendu familier de bonne heure avec le style de la profession. Mais surtout ils m'ont laissé transparaître le véritable esprit et la véritable destination de la médecine, que l'enseignement des Facultés dissimule sous le fatras scientifique. Je puis dire qu'à douze ans j'avais déjà un sentiment médical correct. Ma méthode actuelle en est sortie.

LE DOCTEUR

Vous avez une méthode? Je serais curieux de la connaître.

KNOCK

Je ne fais pas de propagande. D'ailleurs, il n'y a que les résultats qui comptent. Aujourd'hui, de votre propre aveu, vous me livrez une clientèle nulle.

LE DOCTEUR

Nulle... pardon! pardon!

KNOCK

Revenez voir dans un an ce que j'en aurai fait. La preuve sera péremptoire. En m'obligeant à partir de zéro, vous accroissez l'intérêt de l'expérience.

JEAN

Monsieur, monsieur... *(Le docteur Parpalaid va vers lui.)* Je crois que je ferais bien de démonter aussi le carburateur.

LE DOCTEUR

Faites, faites. *(Il revient.)* Comme notre conversation se prolonge, j'ai dit à ce garçon d'effectuer son nettoyage mensuel de carburateur.

MADAME PARPALAID

Mais, quand vous avez été sur votre bateau, comment vous en êtes-vous tiré?

KNOCK

Les deux dernières nuits avant de m'embarquer, je les ai passées à réfléchir. Mes six mois de pratique à bord m'ont servi à vérifier mes conceptions. C'est un peu la façon dont on procède dans les hôpitaux.

MADAME PARPALAID

Vous aviez beaucoup de gens à soigner?

KNOCK

L'équipage et sept passagers, de condition très modeste. Trente-cinq personnes en tout.

MADAME PARPALAID

C'est un chiffre.

LE DOCTEUR

Et vous avez eu des morts?

KNOCK

Aucune. C'était d'ailleurs contraire à mes principes. Je suis partisan de la diminution de la mortalité.

LE DOCTEUR

Comme nous tous.

KNOCK

Vous aussi? Tiens! Je n'aurais pas cru. Bref, j'estime que, malgré toutes les tentations contraires, nous devons travailler à la conservation du malade.

MADAME PARPALAID

Il y a du vrai dans ce que dit le docteur.

LE DOCTEUR

Et des malades, vous en avez eu beaucoup?

KNOCK

Trente-cinq.

LE DOCTEUR

Tout le monde alors?

KNOCK

Oui, tout le monde.

MADAME PARPALAID

Mais comment le bateau a-t-il pu marcher?

KNOCK

Un petit roulement à établir.

Silence

LE DOCTEUR

Dites donc, maintenant, vous êtes bien réellement docteur?... Parce qu'ici le titre est exigé, et vous nous causeriez de gros ennuis... Si vous n'étiez pas réellement docteur, il vaudrait mieux nous le confier tout de suite...

KNOCK

Je suis bien réellement et bien doctoralement docteur. Quand j'ai vu mes méthodes confirmées par l'expérience, je n'ai eu qu'une hâte, c'est de les appliquer sur la terre ferme, et en grand. Je n'ignorais pas que le doctorat est une formalité indispensable.

MADAME PARPALAID

Mais vous nous disiez que vos études étaient toutes récentes?

KNOCK

Je n'ai pas pu les commencer dès ce moment-là. Pour vivre, j'ai dû m'occuper quelque temps du commerce des arachides.

MADAME PARPALAID

Qu'est-ce que c'est?

KNOCK

L'arachide s'appelle aussi cacahuète. *(Mme Parpalaid fait un mouvement.)* Oh! madame, je n'ai jamais été marchand au panier. J'avais créé un office central où les revendeurs venaient s'approvisionner. Je serais millionnaire si j'avais continué cela dix ans. Mais c'était très fastidieux. D'ailleurs, presque tous les métiers sécrètent l'ennui à la longue, comme je m'en suis rendu compte par moi-même. Il n'y a de vrai, décidément, que la médecine, peut-être aussi la politique, la finance et le sacerdoce que je n'ai pas encore essayés.

MADAME PARPALAID

Et vous pensez appliquer vos méthodes ici?

KNOCK

Si je ne le pensais pas, madame, je prendrais mes jambes à mon cou, et vous ne me rattraperiez jamais. Évidemment je préférerais une grande ville.

MADAME PARPALAID, *à son mari.*

Toi qui vas à Lyon, ne pourrais-tu pas demander au docteur quelques renseignements sur sa méthode? Cela n'engage à rien.

LE DOCTEUR

Mais le docteur Knock ne semble pas tenir à la divulguer.

KNOCK, *au docteur Parpalaid, après un temps de réflexion.*

Pour vous être agréable, je puis vous proposer l'arrangement suivant : au lieu de vous payer, Dieu sait quand, en espèces, je vous paye en nature : c'est-à-dire que je vous prends huit jours avec moi, et vous initie à mes procédés.

LE DOCTEUR, *piqué.*

Vous plaisantez, mon cher confrère. C'est peut-être vous qui m'écrirez dans huit jours pour me demander conseil.

KNOCK

Je n'attendrai pas jusque-là. Je compte bien

obtenir de vous aujourd'hui même plusieurs indications très utiles.

LE DOCTEUR

Disposez de moi, mon cher confrère.

KNOCK

Est-ce qu'il y a un tambour de ville, là-haut?

LE DOCTEUR

Vous voulez dire un homme qui joue du tambour et qui fait des annonces au public?

KNOCK

Parfaitement.

LE DOCTEUR

Il y a un tambour de ville. La municipalité le charge de certains avis. Les seuls particuliers qui recourent à lui sont les gens qui ont perdu leur porte-monnaie, ou encore quelque marchand forain qui solde un déballage de faïence et de porcelaine.

KNOCK

Bon. Saint-Maurice a combien d'habitants?

LE DOCTEUR

Trois mille cinq cents dans l'agglomération, je crois, et près de six mille dans la commune.

KNOCK

Et l'ensemble du canton?

LE DOCTEUR

Le double, au moins.

KNOCK

La population est pauvre?

MADAME PARPALAID

Très à l'aise, au contraire, et même riche. Il y a de grosses fermes. Beaucoup de gens vivent de leurs rentes ou du revenu de leurs domaines.

LE DOCTEUR

Terriblement avares, d'ailleurs.

KNOCK

Il y a de l'industrie?

LE DOCTEUR

Fort peu.

KNOCK

Du commerce?

MADAME PARPALAID

Ce ne sont pas les boutiques qui manquent.

KNOCK

Les commerçants sont-ils très absorbés par leurs affaires?

LE DOCTEUR

Ma foi non! Pour la plupart, ce n'est qu'un supplément de revenus, et surtout une façon d'utiliser les loisirs.

MADAME PARPALAID

D'ailleurs, pendant que la femme garde la boutique, le mari se promène.

LE DOCTEUR

Ou réciproquement.

MADAME PARPALAID

Tu avoueras que c'est plutôt le mari. D'abord, les femmes ne sauraient guère où aller. Tandis que pour les hommes il y a la chasse, la pêche, les parties de quilles; en hiver le café.

KNOCK

Les femmes sont-elles très pieuses? *(Le docteur Parpalaid se met à rire.)* La question a pour moi son importance.

MADAME PARPALAID

Beaucoup vont à la messe.

KNOCK

Mais Dieu tient-il une place considérable dans leurs pensées quotidiennes?

MADAME PARPALAID

Quelle idée!

KNOCK

Parfait! *(Il réfléchit.)* Il n'y a pas de grands vices?

LE DOCTEUR

Que voulez-vous dire?

KNOCK

Opium, cocaïne, messes noires, sodomie, convictions politiques?

LE DOCTEUR

Vous mélangez des choses si différentes! Je n'ai jamais entendu parler d'opium ni de messes noires. Quant à la politique, on s'y intéresse comme partout.

KNOCK

Oui, mais en connaissez-vous qui feraient rôtir la plante des pieds de leurs père et mère en faveur du scrutin de liste ou de l'impôt sur le revenu?

LE DOCTEUR

Dieu merci, ils n'en sont pas là!

KNOCK

Et l'adultère?

LE DOCTEUR

Quoi donc?

KNOCK

A-t-il pris là-haut un développement exceptionnel? Est-il l'objet d'une activité intense?

LE DOCTEUR

Vos questions sont extraordinaires! Il doit y avoir comme ailleurs, des maris trompés, mais sans excès.

MADAME PARPALAID

D'abord, c'est très difficile. Les gens vous surveillent tellement...

KNOCK

Bon. Vous ne voyez rien d'autre à me signaler? Par exemple dans l'ordre des sectes, des superstitions, des sociétés secrètes?

MADAME PARPALAID

A un moment, plusieurs de ces dames ont fait du spiritisme.

KNOCK

Ah! ah!

MADAME PARPALAID

L'on se réunissait chez la notairesse, et l'on faisait parler le guéridon.

KNOCK

Mauvais, mauvais. Détestable.

MADAME PARPALAID

Mais je crois qu'elles ont cessé.

KNOCK

Ah? Tant mieux! Et pas de sorcier, non plus, pas de thaumaturge? Quelque vieux berger sentant le bouc qui guérit par l'imposition des mains?

De temps en temps, l'on voit Jean tourner la manivelle jusqu'à perdre haleine, puis s'éponger le front.

LE DOCTEUR

Autrefois, peut-être, mais plus maintenant.

KNOCK, *il paraît agité, se frotte les paumes, et, tout en marchant :*

En somme l'âge médical peut commencer. *(Il s'approche de la voiture.)* Mon cher confrère, serait-il inhumain de demander à ce véhicule un nouvel effort? J'ai une hâte incroyable d'être à Saint-Maurice.

MADAME PARPALAID

Cela vous vient bien brusquement!

KNOCK

Je vous en prie, arrivons là-haut.

LE DOCTEUR

Qu'est-ce donc, de si puissant, qui vous y attire?

KNOCK, *il fait quelques allées et venues en silence, puis :*

Mon cher confrère, j'ai le sentiment que vous avez gâché là-haut une situation magnifique, et, pour parler votre style, fait laborieusement pousser des chardons là où voulait croître un verger plantureux. C'est couvert d'or que vous en deviez repartir, les fesses calées sur un matelas d'obligations; vous, madame, avec trois rangs de perles au cou, tous deux à l'intérieur d'une étincelante limousine *(il montre la guimbarde)* et non point sur ce monument des premiers efforts du génie moderne.

MADAME PARPALAID

Vous plaisantez, docteur?

KNOCK

La plaisanterie serait cruelle, madame.

MADAME PARPALAID

Mais alors, c'est affreux! Tu entends, Albert?

LE DOCTEUR

J'entends que le docteur Knock est un chimérique et, de plus, un cyclothymique. Il est le jouet d'impressions extrêmes. Tantôt le poste ne valait pas deux sous. Maintenant, c'est un Pactole.

Il hausse les épaules.

MADAME PARPALAID

Toi aussi, tu es trop sûr de toi. Ne t'ai-je pas souvent dit qu'à Saint-Maurice, en sachant s'y prendre, on pouvait mieux faire que végéter?

LE DOCTEUR

Bon, bon, bon! Je reviendrai dans trois mois, pour la première échéance. Nous verrons où en est le docteur Knock.

KNOCK

C'est cela. Revenez dans trois mois. Nous aurons le temps de causer. Mais je vous en supplie, partons tout de suite.

LE DOCTEUR, *à Jean, timidement.*

Vous êtes prêt?

JEAN, *à mi-voix.*

Oh! moi, je serais bien prêt. Mais cette fois-ci, je ne crois pas que nous arriverons tout seuls à la mettre en marche.

LE DOCTEUR, *même jeu.*

Comment cela?

JEAN, *hochant la tête.*

Il faudrait des hommes plus forts.

LE DOCTEUR

Et si on essayait de la pousser?

JEAN, *sans conviction.*

Peut-être.

LE DOCTEUR

Mais oui. Il y a vingt mètres en plaine. Je prendrai le volant. Vous pousserez.

JEAN

Oui.

LE DOCTEUR

Et ensuite, vous tâcherez de sauter sur le marchepied au bon moment, n'est-ce pas? *(Le docteur revient vers les autres.)* Donc, en voiture, mon cher confrère, en voiture. C'est moi qui vais conduire.

Jean, qui est un hercule, veut s'amuser à nous mettre en marche sans le secours de la manivelle, par une espèce de démarrage qu'on pourrait appeler automatique... bien que l'énergie électrique y soit remplacée par celle des muscles, qui est un peu de même nature, il est vrai. *(Jean s'arc-boute contre la caisse de la voiture.)*

RIDEAU

ACTE II

Dans l'ancien domicile de Parpalaid.

L'installation provisoire de Knock. Table, sièges, armoire-bibliothèque, chaise longue. Tableau noir, lavabo. Quelques figures anatomiques et histologiques au mur.

SCÈNE I

KNOCK, LE TAMBOUR DE VILLE

KNOCK, *assis, regarde la pièce et écrit.*

C'est vous, le tambour de ville?

LE TAMBOUR, *debout.*

Oui, monsieur.

KNOCK

Appelez-moi docteur. Répondez-moi « oui, docteur », ou « non, docteur ».

LE TAMBOUR

Oui, docteur.

KNOCK

Et quand vous avez l'occasion de parler de moi au-dehors, ne manquez jamais de vous exprimer ainsi : « Le docteur a dit », « le docteur a fait »... J'y attache de l'importance. Quand vous parliez entre vous du docteur Parpalaid, de quels termes vous serviez-vous?

LE TAMBOUR

Nous disions : « C'est un brave homme, mais il n'est pas bien fort. »

KNOCK

Ce n'est pas ce que je vous demande. Disiez-vous « le docteur »?

LE TAMBOUR

Non. « M. Parpalaid », ou « le médecin », ou encore « Ravachol ».

KNOCK

Pourquoi « Ravachol »?

LE TAMBOUR

C'est un surnom qu'il avait. Mais je n'ai jamais su pourquoi.

KNOCK

Et vous ne le jugiez pas très fort?

LE TAMBOUR

Oh! pour moi, il était bien assez fort. Pour d'autres, il paraît que non.

KNOCK

Tiens!

LE TAMBOUR

Quand on allait le voir, il ne trouvait pas.

KNOCK

Qu'est-ce qu'il ne trouvait pas?

LE TAMBOUR

Ce que vous aviez. Neuf fois sur dix, il vous renvoyait en vous disant : « Ce n'est rien du tout. Vous serez sur pied demain, mon ami. »

KNOCK

Vraiment!

LE TAMBOUR

Ou bien, il vous écoutait à peine, en faisant « oui, oui », « oui, oui », et il se dépêchait de parler d'autre chose, pendant une heure, par exemple de son automobile.

KNOCK

Comme si l'on venait pour ça!

LE TAMBOUR

Et puis il vous indiquait des remèdes de quatre sous; quelquefois une simple tisane. Vous pensez bien que les gens qui payent huit francs pour une consultation n'aiment pas trop qu'on leur indique un remède de quatre sous. Et le plus bête n'a pas besoin du médecin pour boire une camomille.

KNOCK

Ce que vous m'apprenez me fait réellement de la peine. Mais je vous ai appelé pour un renseignement. Quel prix demandiez-vous au docteur Parpalaid quand il vous chargeait d'une annonce?

LE TAMBOUR, *avec amertume.*

Il ne me chargeait jamais d'une annonce.

KNOCK

Oh! Qu'est-ce que vous me dites? Depuis trente ans qu'il était là?

LE TAMBOUR

Pas une seule annonce en trente ans, je vous jure.

KNOCK, *se relevant, un papier à la main.*

Vous devez avoir oublié. Je ne puis pas vous croire. Bref, quels sont vos tarifs?

LE TAMBOUR

Trois francs le petit tour et cinq francs le grand tour. Ça vous paraît peut-être cher. Mais il y a du travail. D'ailleurs, je conseille à monsieur...

KNOCK

« Au docteur. »

LE TAMBOUR

Je conseille au docteur, s'il n'en est pas à deux

francs près, de prendre le grand tour, qui est beaucoup plus avantageux.

KNOCK

Quelle différence y a-t-il?

LE TAMBOUR

Avec le petit tour, je m'arrête cinq fois : devant la Mairie, devant la Poste, devant l'Hôtel de la Clef, au Carrefour des Voleurs, et au coin de la Halle. Avec le grand tour, je m'arrête onze fois, c'est à savoir...

KNOCK

Bien, je prends le grand tour. Vous êtes disponible, ce matin?

LE TAMBOUR

Tout de suite si vous voulez...

KNOCK

Voici donc le texte de l'annonce.

Il lui remet le papier.

LE TAMBOUR *regarde le texte.*

Je suis habitué aux écritures. Mais je préfère que vous me le lisiez une première fois.

KNOCK, *lentement.*
Le Tambour écoute d'une oreille professionnelle.

« Le docteur Knock, successeur du docteur Parpalaid, présente ses compliments à la population de la ville et du canton de Saint-Maurice, et a l'honneur de lui faire connaître que, dans un esprit philanthropique, et pour enrayer le progrès inquiétant des maladies de toutes sortes qui envahissent depuis quelques années nos régions si salubres autrefois... »

LE TAMBOUR

Ça, c'est rudement vrai!

KNOCK

« ...il donnera tous les lundis matin, de neuf heures trente à onze heures trente, une consultation entièrement gratuite, réservée aux habitants du canton. Pour les personnes étrangères au canton, la consultation restera au prix ordinaire de huit francs. »

LE TAMBOUR, *recevant le papier avec respect.*

Eh bien! C'est une belle idée! Une idée qui sera appréciée! Une idée de bienfaiteur! *(Changeant de ton.)* Mais vous savez que nous sommes lundi. Si je fais l'annonce ce matin, il va vous en arriver dans cinq minutes.

KNOCK

Si vite que cela, vous croyez?

LE TAMBOUR

Et puis, vous n'aviez peut-être pas pensé que le lundi est jour de marché? La moitié du canton est là. Mon annonce va tomber dans tout ce monde. Vous ne saurez plus où donner de la tête.

KNOCK

Je tâcherai de me débrouiller.

LE TAMBOUR

Il y a encore ceci : que c'est le jour du marché que vous aviez le plus de chances d'avoir des clients. M. Parpalaid n'en voyait guère que ce jour-là. *(Familièrement.)* Si vous les recevez gratis...

KNOCK

Vous comprenez, mon ami, ce que je veux, avant tout, c'est que les gens se soignent. Si je voulais gagner de l'argent, c'est à Paris que je m'installerais, ou à New York.

LE TAMBOUR

Ah! vous avez mis le doigt dessus. On ne se soigne pas assez. On ne veut pas s'écouter, et on se mène trop durement. Quand le mal vous tient, on se force. Autant vaudrait-il être des animaux.

KNOCK

Je remarque que vous raisonnez avec une grande justesse, mon ami.

LE TAMBOUR, *se gonflant.*

Oh! sûr que je raisonne, moi. Je n'ai pas l'instruction que je devrais. Mais il y en a de plus instruits qui ne m'en remontreraient pas. M. le maire, pour ne pas le nommer, en sait quelque chose. Si je vous racontais qu'un jour, monsieur...

KNOCK

« Docteur. »

LE TAMBOUR, *avec ivresse.*

Docteur!... qu'un jour, M. le préfet, en personne, se trouvait à la mairie dans la grande salle des mariages, et même que vous pourriez demander attestation du fait à des notabilités présentes, à M. le premier adjoint, pour ne pas le nommer, ou à M. Michalon, et qu'alors...

KNOCK

Et qu'alors M. le préfet a vu tout de suite à qui il avait affaire, et que le tambour de ville était un tambour qui raisonnait mieux que d'autres qui n'étaient pas tambours mais qui se prenaient pour quelque chose de bien plus fort qu'un tambour. Et qui est-ce qui n'a plus su quoi dire? C'est M. le maire.

LE TAMBOUR, *extasié.*

C'est l'exacte vérité! Il n'y a pas un mot à changer! On jurerait que vous étiez là, caché dans un petit coin.

KNOCK

Je n'y étais pas, mon ami.

LE TAMBOUR

Alors, c'est quelqu'un qui vous l'a raconté, et quelqu'un de bien placé? *(Knock fait un geste de réserve diplomatique.)* Vous ne m'ôterez pas de la tête que vous en avez causé récemment avec M. le préfet.

Knock se contente de sourire.

KNOCK, *se levant.*

Donc, je compte sur vous, mon ami. Et rondement, n'est-ce pas?

LE TAMBOUR, *après plusieurs hésitations.*

Je ne pourrai pas venir tout à l'heure, ou j'arriverai trop tard. Est-ce que ça serait un effet de votre bonté de me donner ma consultation maintenant?

KNOCK

Heu... Oui. Mais dépêchons-nous. J'ai rendez-vous avec M. Bernard, l'instituteur, et avec M. le pharmacien Mousquet. Il faut que je les reçoive avant que les gens n'arrivent. De quoi souffrez-vous?

LE TAMBOUR

Attendez que je réfléchisse! *(Il rit.)* Voilà. Quand j'ai dîné, il y a des fois que je sens une espèce de démangeaison ici. *(Il montre le haut de son épigastre.)* Ça me chatouille, ou plutôt, ça me grattouille.

KNOCK, *d'un air de profonde concentration.*

Attention. Ne confondons pas. Est-ce que ça vous chatouille, ou est-ce que ça vous grattouille?

LE TAMBOUR

Ça me grattouille. *(Il médite.)* Mais ça me chatouille bien un peu aussi.

KNOCK

Désignez-moi exactement l'endroit.

LE TAMBOUR

Par ici.

KNOCK

Par ici... où cela, par ici?

LE TAMBOUR

Là. Ou peut-être là... Entre les deux.

KNOCK

Juste entre les deux?... Est-ce que ça ne serait pas plutôt un rien à gauche, là, où je mets mon doigt?

LE TAMBOUR

Il me semble bien.

KNOCK

Ça vous fait mal quand j'enfonce mon doigt?

LE TAMBOUR

Oui, on dirait que ça me fait mal.

KNOCK

Ah! ah! *(Il médite d'un air sombre.)* Est-ce que ça ne vous grattouille pas davantage quand vous avez mangé de la tête de veau à la vinaigrette?

LE TAMBOUR

Je n'en mange jamais. Mais il me semble que si j'en mangeais, effectivement, ça me grattouillerait plus.

KNOCK

Ah! ah! très important. Ah! ah! Quel âge avez-vous?

LE TAMBOUR

Cinquante et un, dans mes cinquante-deux.

KNOCK

Plus près de cinquante-deux ou de cinquante et un?

LE TAMBOUR, *il se trouble peu à peu.*

Plus près de cinquante-deux. Je les aurai fin novembre.

KNOCK, *lui mettant la main sur l'épaule.*

Mon ami, faites votre travail aujourd'hui comme d'habitude. Ce soir, couchez-vous de bonne heure. Demain matin, gardez le lit. Je passerai vous voir. Pour vous, mes visites seront gratuites. Mais ne le dites pas. C'est une faveur.

LE TAMBOUR, *avec anxiété.*

Vous êtes trop bon, docteur. Mais c'est donc grave, ce que j'ai?

KNOCK

Ce n'est peut-être pas encore très grave. Il était temps de vous soigner. Vous fumez?

LE TAMBOUR, *tirant son mouchoir.*

Non, je chique.

KNOCK

Défense absolue de chiquer. Vous aimez le vin?

LE TAMBOUR

J'en bois raisonnablement.

KNOCK

Plus une goutte de vin. Vous êtes marié?

LE TAMBOUR

Oui, docteur.

Le Tambour s'essuie le front.

KNOCK

Sagesse totale de ce côté-là, hein?

LE TAMBOUR

Je puis manger?

KNOCK

Aujourd'hui, comme vous travaillez, prenez un peu de potage. Demain, nous en viendrons à des restrictions plus sérieuses. Pour l'instant, tenez-vous-en à ce que je vous ai dit.

LE TAMBOUR *s'essuie à nouveau.*

Vous ne croyez pas qu'il vaudrait mieux que je me couche tout de suite? Je ne me sens réellement pas à mon aise.

KNOCK, *ouvrant la porte.*

Gardez-vous-en bien! Dans votre cas, il est mauvais d'aller se mettre au lit entre le lever et le coucher du soleil. Faites vos annonces comme si de rien n'était, et attendez tranquillement jusqu'à ce soir.

Le Tambour sort. Knock le reconduit.

SCÈNE II

KNOCK, L'INSTITUTEUR BERNARD

KNOCK

Bonjour, monsieur Bernard. Je ne vous ai pas trop dérangé en vous priant de venir à cette heure-ci?

BERNARD

Non, non, docteur. J'ai une minute. Mon adjoint surveille la récréation.

KNOCK

J'étais impatient de m'entretenir avec vous. Nous avons tant de choses à faire ensemble, et de si urgentes. Ce n'est pas moi qui laisserai s'interrompre la collaboration si précieuse que vous accordiez à mon prédécesseur.

BERNARD

La collaboration?

KNOCK

Remarquez que je ne suis pas homme à imposer mes idées, ni à faire table rase de ce qu'on a édifié avant moi. Au début, c'est vous qui serez mon guide.

BERNARD

Je ne vois pas bien...

KNOCK

Ne touchons à rien pour le moment. Nous améliorerons par la suite s'il y a lieu.

Knock s'assoit.

BERNARD, *s'asseyant aussi.*

Mais...

KNOCK

Qu'il s'agisse de la propagande, ou des causeries populaires, ou de nos petites réunions à nous, vos procédés seront les miens, vos heures seront les miennes.

BERNARD

C'est que, docteur, je crains de ne pas bien saisir à quoi vous faites allusion.

KNOCK

Je veux dire tout simplement que je désire

maintenir intacte la liaison avec vous, même pendant ma période d'installation.

BERNARD

Il doit y avoir quelque chose qui m'échappe...

KNOCK

Voyons! Vous étiez bien en relations constantes avec le docteur Parpalaid?

BERNARD

Je le rencontrais de temps en temps à l'estaminet de l'Hôtel de la Clef. Il nous arrivait de faire un billard.

KNOCK

Ce n'est pas de ces relations-là que je veux parler.

BERNARD

Nous n'en avions pas d'autres.

KNOCK

Mais... mais... comment vous étiez-vous réparti l'enseignement populaire de l'hygiène, l'œuvre de propagande dans les familles... que sais-je, moi! Les mille besognes que le médecin et l'instituteur ne peuvent faire que d'accord?

BERNARD

Nous ne nous étions rien réparti du tout.

KNOCK

Quoi! Vous aviez préféré agir chacun isolément?

BERNARD

C'est bien plus simple. Nous n'y avons jamais pensé ni l'un ni l'autre. C'est la première fois qu'il est question d'une chose pareille à Saint-Maurice.

KNOCK, *avec tous les signes d'une surprise navrée.*

Ah!... Si je ne l'entendais pas de votre bouche, je vous assure que je n'en croirais rien.

Un silence.

BERNARD

Je suis désolé de vous causer cette déception, mais ce n'est pas moi qui pouvais prendre une initiative de ce genre-là, vous l'admettrez, même si j'en avais eu l'idée, et même si le travail de l'école me laissait plus de loisir.

KNOCK

Évidemment! Vous attendiez un appel qui n'est pas venu.

BERNARD

Chaque fois qu'on m'a demandé un service, j'ai tâché de le rendre.

KNOCK

Je le sais, monsieur Bernard, je le sais. *(Un*

silence.) Voilà donc une malheureuse population qui est entièrement abandonnée à elle-même au point de vue hygiénique et prophylactique!

BERNARD

Dame!

KNOCK

Je parie qu'ils boivent de l'eau sans penser aux milliards de bactéries qu'ils avalent à chaque gorgée.

BERNARD

Oh! certainement.

KNOCK

Savent-ils même ce que c'est qu'un microbe?

BERNARD

J'en doute fort! Quelques-uns connaissent le mot, mais ils doivent se figurer qu'il s'agit d'une espèce de mouche.

KNOCK, *il se lève.*

C'est effrayant. Écoutez, cher monsieur Bernard, nous ne pouvons pas, à nous deux, réparer en huit jours des années de... disons d'insouciance. Mais il faut faire quelque chose.

BERNARD

Je ne m'y refuse pas. Je crains seulement de ne pas vous être d'un grand secours.

KNOCK

Monsieur Bernard, quelqu'un qui est bien renseigné sur vous, m'a révélé que vous aviez un grave défaut : la modestie. Vous êtes le seul à ignorer que vous possédez ici une autorité morale et une influence personnelle peu communes. Je vous demande pardon d'avoir à vous le dire. Rien de sérieux ici ne se fera sans vous.

BERNARD

Vous exagérez, docteur.

KNOCK

C'est entendu! Je puis soigner sans vous mes malades. Mais la maladie, qui est-ce qui m'aidera à la combattre, à la débusquer? Qui est-ce qui instruira ces pauvres gens sur les périls de chaque seconde qui assiègent leur organisme? Qui leur apprendra qu'on ne doit pas attendre d'être mort pour appeler le médecin?

BERNARD

Ils sont très négligents. Je n'en disconviens pas.

KNOCK, *s'animant de plus en plus.*

Commençons par le commencement. J'ai ici la matière de plusieurs causeries de vulgarisation, des notes très complètes, de bons clichés, et une lanterne. Vous arrangerez tout cela comme vous savez le faire. Tenez, pour débuter, une petite conférence, toute écrite, ma foi, et très agréable, sur la fièvre typhoïde, les formes insoupçonnées qu'elle prend, ses véhicules innombrables : eau, pain, lait, coquillages, légumes, salades, poussières, haleine, etc... les semaines et les mois durant lesquels elle couve sans se trahir, les accidents mortels qu'elle déchaîne soudain, les complications redoutables qu'elle charrie à sa suite; le tout agrémenté de jolies vues : bacilles formidablement grossis, détails d'excréments typhiques, ganglions infectés, perforations d'intestin, et pas en noir, en couleurs, des roses, des marrons, des jaunes et des blancs verdâtres que vous imaginez. *(Il se rassied.)*

BERNARD, *le cœur chaviré.*

C'est que... je suis très impressionnable... Si je me plonge là-dedans, je n'en dormirai plus.

KNOCK

Voilà justement ce qu'il faut. Je veux dire : voilà l'effet de saisissement que nous devons porter jusqu'aux entrailles de l'auditoire. Vous, monsieur Bernard, vous vous y habituerez. Qu'ils n'en dorment plus! *(Penché sur lui.)* Car leur tort, c'est de dormir, dans une sécurité trompeuse dont les réveille trop tard le coup de foudre de la maladie.

BERNARD, *tout frissonnant,*
la main sur le bureau, regard détourné.

Je n'ai pas déjà une santé si solide. Mes parents

ont eu beaucoup de peine à m'élever. Je sais bien que, sur vos clichés, tous ces microbes ne sont qu'en reproduction. Mais, enfin...

KNOCK, *comme s'il n'avait rien entendu.*

Pour ceux que notre première conférence aurait laissés froids, j'en tiens une autre, dont le titre n'a l'air de rien : « Les porteurs de germes. » Il y est démontré, clair comme le jour, à l'aide de cas observés, qu'on peut se promener avec une figure ronde, une langue rose, un excellent appétit, et receler dans tous les replis de son corps des trillions de bacilles de la dernière virulence capables d'infecter un département. *(Il se lève.)* Fort de la théorie et de l'expérience, j'ai le droit de soupçonner le premier venu d'être un porteur de germes. Vous, par exemple, absolument rien ne me prouve que vous n'en êtes pas un.

BERNARD *se lève.*

Moi! docteur...

KNOCK

Je serais curieux de connaître quelqu'un qui, au sortir de cette deuxième petite causerie, se sentirait d'humeur à batifoler.

BERNARD

Vous pensez que moi, docteur, je suis un porteur de germes?

KNOCK

Pas vous spécialement. J'ai pris un exemple. Mais j'entends la voix de M. Mousquet. A bientôt, cher monsieur Bernard, et merci de votre adhésion, dont je ne doutais pas.

SCÈNE III

KNOCK, LE PHARMACIEN MOUSQUET

KNOCK

Asseyez-vous, cher monsieur Mousquet. Hier, j'ai eu à peine le temps de jeter un coup d'œil sur l'intérieur de votre pharmacie. Mais il n'en faut pas davantage pour constater l'excellence de votre installation, l'ordre méticuleux qui y règne et le modernisme du moindre détail.

MOUSQUET, *tenue très simple, presque négligée.*

Docteur, vous êtes trop indulgent!

KNOCK

C'est une chose qui me tient au cœur. Pour moi, le médecin qui ne peut pas s'appuyer sur un pharmacien de premier ordre est un général qui va à la bataille sans artillerie.

MOUSQUET

Je suis heureux de voir que vous appréciez l'importance de la profession.

KNOCK

Et moi de me dire qu'une organisation comme la vôtre trouve certainement sa récompense, et que vous vous faites bien dans l'année un minimum de vingt-cinq mille.

MOUSQUET

De bénéfices? Ah! mon Dieu! Si je m'en faisais seulement la moitié!

KNOCK

Cher monsieur Mousquet, vous avez en face de vous non point un agent du fisc, mais un ami, et j'ose dire un collègue.

MOUSQUET

Docteur, je ne vous fais pas l'injure de me méfier de vous. Je vous ai malheureusement dit la vérité. *(Une pause.)* J'ai toutes les peines du monde à dépasser les dix mille.

KNOCK

Savez-vous bien que c'est scandaleux! *(Mousquet hausse tristement les épaules.)* Dans ma pensée, le chiffre de vingt-cinq mille était un minimum... Vous n'avez pourtant pas de concurrent?

MOUSQUET

Aucun, à près de cinq lieues à la ronde.

KNOCK

Alors quoi? des ennemis?

MOUSQUET

Je ne m'en connais pas.

KNOCK, *baissant la voix.*

Jadis, vous n'auriez pas eu d'histoire fâcheuse... une distraction... cinquante grammes de laudanum en place d'huile de ricin?... C'est si vite fait.

MOUSQUET

Pas le plus minime incident, je vous prie de le croire, en vingt années d'exercice.

KNOCK

Alors... alors... je répugne à former d'autres hypothèses... Mon prédécesseur... aurait-il été au-dessous de sa tâche?

MOUSQUET

C'est une affaire de point de vue.

KNOCK

Encore une fois, cher monsieur Mousquet, nous sommes strictement entre nous.

MOUSQUET

Le docteur Parpalaid est un excellent homme. Nous avions les meilleures relations privées.

KNOCK

Mais on ne ferait pas un gros volume avec le recueil de ses ordonnances?

MOUSQUET

Vous l'avez dit.

KNOCK

Quand je rapproche tout ce que je sais de lui maintenant, j'en arrive à me demander s'il croyait en la médecine.

MOUSQUET

Dans les débuts, je faisais loyalement mon possible. Dès que les gens se plaignaient à moi et que cela me paraissait un peu grave, je les lui envoyais. Bonsoir! Je ne les voyais plus revenir.

KNOCK

Ce que vous me dites m'affecte plus que je ne voudrais. Nous avons, cher monsieur Mousquet, deux des plus beaux métiers qu'on connaisse. N'est-ce pas une honte que de les faire peu à peu déchoir du haut degré de prospérité et de puissance où nos devanciers les avaient mis? Le mot de sabotage me vient aux lèvres.

MOUSQUET

Oui, certes. Toute question d'argent à part, il

y a conscience à se laisser glisser ainsi au-dessous du ferblantier et de l'épicier. Je vous assure, docteur, que ma femme serait bien empêchée de se payer les chapeaux et les bas de soie que la femme du ferblantier arbore semaine et dimanche.

KNOCK

Taisez-vous, cher ami, vous me faites mal. C'est comme si j'entendais dire que la femme d'un président de chambre en est réduite à laver le linge de sa boulangère pour avoir du pain.

MOUSQUET

Si Mme Mousquet était là, vos paroles lui iraient à l'âme.

KNOCK

Dans un canton comme celui-ci nous devrions, vous et moi, ne pas pouvoir suffire à la besogne.

MOUSQUET

C'est juste.

KNOCK

Je pose en principe que tous les habitants du canton sont ipso facto nos clients désignés.

MOUSQUET

Tous, c'est beaucoup demander.

KNOCK

Je dis tous.

MOUSQUET

Il est vrai qu'à un moment ou l'autre de sa vie, chacun peut devenir notre client par occasion.

KNOCK

Par occasion? Point du tout. Client régulier, client fidèle.

MOUSQUET

Encore faut-il qu'il tombe malade!

KNOCK

« Tomber malade », vieille notion qui ne tient plus devant les données de la science actuelle. La santé n'est qu'un mot, qu'il n'y aurait aucun inconvénient à rayer de notre vocabulaire. Pour ma part, je ne connais que des gens plus ou moins atteints de maladies plus ou moins nombreuses à évolution plus ou moins rapide. Naturellement, si vous allez leur dire qu'ils se portent bien, ils ne demandent qu'à vous croire. Mais vous les trompez. Votre seule excuse, c'est que vous ayez déjà trop de malades à soigner pour en prendre de nouveaux.

MOUSQUET

En tout cas, c'est une très belle théorie.

KNOCK

Théorie profondément moderne, monsieur Mousquet, réfléchissez-y, et toute proche parente de l'admirable idée de la nation armée, qui fait la force de nos États.

MOUSQUET

Vous êtes un penseur, vous, docteur Knock, et les matérialistes auront beau soutenir le contraire, la pensée mène le monde.

KNOCK, *il se lève.*

Écoutez-moi. *(Tous deux sont debout. Knock saisit les mains de Mousquet.)* Je suis peut-être présomptueux. D'amères désillusions me sont peut-être réservées. Mais si, dans un an, jour pour jour, vous n'avez pas gagné les vingt-cinq mille francs nets qui vous sont dus, si Mme Mousquet n'a pas les robes, les chapeaux et les bas que sa condition exige, je vous autorise à venir me faire une scène ici, et je tendrai les deux joues pour que vous m'y déposiez chacun un soufflet.

MOUSQUET

Cher docteur, je serais un ingrat, si je ne vous remerciais pas avec effusion, et un misérable si je ne vous aidais pas de tout mon pouvoir.

KNOCK

Bien, bien. Comptez sur moi comme je compte sur vous.

SCÈNE IV

KNOCK, LA DAME EN NOIR

Elle a quarante-cinq ans et respire l'avarice paysanne et la constipation.

KNOCK

Ah! voici les consultants. *(A la cantonade.)* Une douzaine, déjà? Prévenez les nouveaux arrivants qu'après onze heures et demie je ne puis plus recevoir personne, au moins en consultation gratuite. C'est vous qui êtes la première, madame? *(Il fait entrer la dame en noir et referme la porte.)* Vous êtes bien du canton?

LA DAME EN NOIR

Je suis de la commune.

KNOCK

De Saint-Maurice même?

LA DAME

J'habite la grande ferme qui est sur la route de Luchère.

KNOCK

Elle vous appartient?

LA DAME

Oui, à mon mari et à moi.

KNOCK

Si vous l'exploitez vous-même, vous devez avoir beaucoup de travail?

LA DAME

Pensez, monsieur! dix-huit vaches, deux bœufs, deux taureaux, la jument et le poulain, six chèvres, une bonne douzaine de cochons, sans compter la basse-cour.

KNOCK

Diable! Vous n'avez pas de domestiques?

LA DAME

Dame si. Trois valets, une servante, et les journaliers dans la belle saison.

KNOCK

Je vous plains. Il ne doit guère vous rester de temps pour vous soigner?

LA DAME

Oh! non.

KNOCK

Et pourtant vous souffrez.

LA DAME

Ce n'est pas le mot. J'ai plutôt de la fatigue.

KNOCK

Oui, vous appelez ça de la fatigue. *(Il s'approche d'elle.)* Tirez la langue. Vous ne devez pas avoir beaucoup d'appétit.

LA DAME

Non.

KNOCK

Vous êtes constipée.

LA DAME

Oui, assez.

KNOCK, *il l'ausculte.*

Baissez la tête. Respirez. Toussez. Vous n'êtes jamais tombée d'une échelle, étant petite?

LA DAME

Je ne me souviens pas.

KNOCK, *il lui palpe et lui percute le dos, lui presse brusquement les reins.*

Vous n'avez jamais mal ici le soir en vous couchant? Une espèce de courbature?

LA DAME

Oui, des fois.

KNOCK, *il continue de l'ausculter.*

Essayez de vous rappeler. Ça devait être une grande échelle.

LA DAME

Ça se peut bien.

KNOCK, *très affirmatif.*

C'était une échelle d'environ trois mètres cinquante, posée contre un mur. Vous êtes tombée à la renverse. C'est la fesse gauche, heureusement, qui a porté.

LA DAME

Ah oui!

KNOCK

Vous aviez déjà consulté le docteur Parpalaid?

LA DAME

Non, jamais.

KNOCK

Pourquoi?

LA DAME

Il ne donnait pas de consultations gratuites.

Un silence.

KNOCK, *la fait asseoir.*

Vous vous rendez compte de votre état?

LA DAME

Non.

KNOCK, *il s'assied en face d'elle.*

Tant mieux. Vous avez envie de guérir, ou vous n'avez pas envie?

LA DAME

J'ai envie.

KNOCK

J'aime mieux vous prévenir tout de suite que ce sera très long et très coûteux.

LA DAME

Ah! mon Dieu! Et pourquoi ça?

KNOCK

Parce qu'on ne guérit pas en cinq minutes un mal qu'on traîne depuis quarante ans.

LA DAME

Depuis quarante ans?

KNOCK

Oui, depuis que vous êtes tombée de votre échelle.

LA DAME

Et combien que ça me coûterait?

KNOCK

Qu'est-ce que valent les veaux, actuellement?

LA DAME

Ça dépend des marchés et de la grosseur. Mais on ne peut guère en avoir de propres à moins de quatre ou cinq cents francs.

KNOCK

Et les cochons gras?

LA DAME

Il y en a qui font plus de mille.

KNOCK

Eh bien! ça vous coûtera à peu près deux cochons et deux veaux.

LA DAME

Ah! là! là! Près de trois mille francs? C'est une désolation, Jésus Marie!

KNOCK

Si vous aimez mieux faire un pèlerinage, je ne vous en empêche pas.

LA DAME

Oh! un pèlerinage, ça revient cher aussi et ça ne réussit pas souvent. *(Un silence.)* Mais qu'est-ce que je peux donc avoir de si terrible que ça?

KNOCK, *avec une grande courtoisie.*

Je vais vous l'expliquer en une minute au tableau noir. *(Il va au tableau et commence un croquis.)* Voici votre moelle épinière, en coupe, très schématiquement, n'est-ce pas? Vous reconnaissez ici votre faisceau de Türck et ici votre colonne de Clarke. Vous me suivez? Eh bien! quand vous êtes tombée de l'échelle, votre Türck et votre Clarke ont glissé en sens inverse *(il trace des flèches de direction)* de quelques dixièmes de millimètre. Vous me direz que c'est très peu. Évidemment. Mais c'est très mal placé. Et puis vous avez ici un tiraillement continu qui s'exerce sur les multipolaires.

Il s'essuie les doigts.

LA DAME

Mon Dieu! Mon Dieu!

KNOCK

Remarquez que vous ne mourrez pas du jour au lendemain. Vous pouvez attendre.

LA DAME

Oh! là! là! J'ai bien eu du malheur de tomber de cette échelle!

KNOCK

Je me demande même s'il ne vaut pas mieux laisser les choses comme elles sont. L'argent est si dur à gagner. Tandis que les années de vieillesse, on en a toujours bien assez. Pour le plaisir qu'elles donnent!

LA DAME

Et en faisant ça plus... grossièrement, vous ne pourriez pas me guérir à moins cher?... à condition que ce soit bien fait tout de même.

KNOCK

Ce que je puis vous proposer, c'est de vous mettre en observation. Ça ne vous coûtera presque rien. Au bout de quelques jours vous vous rendrez compte par vous-même de la tournure que prendra le mal, et vous vous déciderez.

LA DAME

Oui, c'est ça.

KNOCK

Bien. Vous allez rentrer chez vous. Vous êtes venue en voiture?

LA DAME

Non, à pied.

KNOCK, *tandis qu'il rédige l'ordonnance, assis à sa table.*

Il faudra tâcher de trouver une voiture. Vous vous coucherez en arrivant. Une chambre où vous serez seule, autant que possible. Faites fermer les volets et les rideaux pour que la lumière ne vous gêne pas. Défendez qu'on vous parle. Aucune alimentation solide pendant une semaine. Un verre d'eau de Vichy toutes les deux heures, et, à la rigueur, une moitié de biscuit, matin et soir, trempée dans un doigt de lait. Mais j'aimerais autant que vous vous passiez de biscuit. Vous ne direz pas que je vous ordonne des remèdes coûteux! A la fin de la semaine, nous verrons comment vous vous sentez. Si vous êtes gaillarde, si vos forces et votre gaieté sont revenues, c'est que le mal est moins sérieux qu'on ne pouvait croire, et je serai le premier à vous rassurer. Si, au contraire, vous éprouvez une faiblesse générale, des lourdeurs de tête, et une certaine paresse à vous lever, l'hésitation ne sera plus permise, et nous commencerons le traitement. C'est convenu?

LA DAME, *soupirant.*

Comme vous voudrez.

KNOCK, *désignant l'ordonnance.*

Je rappelle mes prescriptions sur ce bout de papier. Et j'irai vous voir bientôt. *(Il lui remet l'ordonnance et la reconduit. A la cantonade.)* Mariette, aidez madame à descendre l'escalier et à trouver une voiture.

On aperçoit quelques visages de consultants que la sortie de la dame en noir frappe de crainte et de respect.

SCÈNE V

KNOCK, LA DAME EN VIOLET

Elle a soixante ans; toutes les pièces de son costume sont de la même nuance de violet; elle s'appuie assez royalement sur une sorte d'alpenstock.

LA DAME EN VIOLET, *avec emphase.*

Vous devez bien être étonné, docteur, de me voir ici.

KNOCK

Un peu étonné, madame.

LA DAME

Qu'une dame Pons, née demoiselle Lempoumas, vienne à une consultation gratuite, c'est en effet assez extraordinaire.

KNOCK

C'est surtout flatteur pour moi.

LA DAME

Vous vous dites peut-être que c'est là un des jolis résultats du gâchis actuel, et que, tandis qu'une quantité de malotrus et de marchands de cochons roulent carrosse et sablent le champagne avec des actrices, une demoiselle Lempoumas, dont la famille remonte sans interruption jusqu'au XIIIe siècle et a possédé jadis la moitié du pays, et qui a des alliances avec toute la noblesse et la haute bourgeoisie du département, en est réduite à faire la queue, avec les pauvres et pauvresses de Saint-Maurice? Avouez, docteur, qu'on a vu mieux.

KNOCK, *la fait asseoir.*

Hélas oui, madame.

LA DAME

Je ne vous dirai pas que mes revenus soient restés ce qu'ils étaient autrefois, ni que j'aie conservé la maisonnée de six domestiques et l'écurie de quatre chevaux qui étaient de règle dans la famille jusqu'à la mort de mon oncle. J'ai même dû vendre, l'an dernier, un domaine de cent soixante hectares, la Michouille, qui me venait de ma grand-mère maternelle. Ce nom de la Michouille a des origines gréco-latines, à ce que prétend M. le curé. Il dériverait de *mycodium* et voudrait dire : haine du champignon, pour cette raison qu'on n'aurait jamais trouvé un seul champignon dans ce domaine, comme si le sol en avait horreur. Il est vrai qu'avec les impôts et les réparations, il ne me rapportait plus qu'une somme ridicule, d'autant que, depuis la mort de mon mari, les fermiers abusaient volontiers de la situation et sollicitaient à tout bout de champ des réductions ou des délais. J'en avais assez, assez, assez! Ne croyez-vous pas, docteur, que, tout compte fait, j'ai eu raison de me débarrasser de ce domaine?

KNOCK, *qui n'a cessé d'être parfaitement attentif.*

Je le crois, madame, surtout si vous aimez les champignons, et si, d'autre part, vous avez bien placé votre argent.

LA DAME

Aïe! Vous avez touché le vif de la plaie! Je me demande jour et nuit si je l'ai bien placé, et j'en doute, j'en doute terriblement. J'ai suivi les conseils de ce gros bêta de notaire, au demeurant le meilleur des hommes. Mais je le crois moins lucide que le guéridon de sa chère femme, qui, comme vous le savez, servit quelque temps de truchement aux esprits. En particulier, j'ai acheté un tas d'actions de charbonnages. Docteur, que pensez-vous des charbonnages?

KNOCK

Ce sont, en général, d'excellentes valeurs, un peu spéculatives peut-être, sujettes à des hausses inconsidérées suivies de baisses inexplicables.

LA DAME

Ah! mon Dieu! Vous me donnez la chair de poule. J'ai l'impression de les avoir achetées en pleine hausse. Et j'en ai pour plus de cinquante mille francs. D'ailleurs, c'est une folie de mettre une somme pareille dans les charbonnages, quand on n'a pas une grosse fortune.

KNOCK

Il me semble, en effet, qu'un tel placement ne devrait jamais représenter plus du dixième de l'avoir total.

LA DAME

Ah? Pas plus du dixième? Mais s'il ne représente pas plus du dixième, ce n'est pas une folie proprement dite?

KNOCK

Nullement.

LA DAME

Vous me rassurez, docteur. J'en avais besoin. Vous ne sauriez croire quels tourments me donne la gestion de mes quatre sous. Je me dis parfois qu'il me faudrait d'autres soucis pour chasser celui-là. Docteur, la nature humaine est une pauvre chose. Il est écrit que nous ne pouvons déloger un tourment qu'à condition d'en installer un autre à la place. Mais au moins trouve-t-on quelque répit à en changer. Je voudrais ne plus penser toute la journée à mes locataires, à mes fermiers et à mes titres. Je ne puis pourtant pas, à mon âge, courir les aventures amoureuses — ah! ah! ah! — ni entreprendre un voyage autour du monde. Mais vous attendez, sans doute, que je vous explique pourquoi j'ai fait queue à votre consultation gratuite?

KNOCK

Quelle que soit votre raison, madame, elle est certainement excellente.

LA DAME

Voilà! J'ai voulu donner l'exemple. Je trouve que vous avez eu là, docteur, une belle et noble inspiration. Mais, je connais mes gens. J'ai pensé : « Ils n'en ont pas l'habitude, ils n'iront pas. Et ce monsieur en sera pour sa générosité. » Et je me suis dit : « S'ils voient qu'une dame Pons, demoiselle Lempoumas, n'hésite pas à inaugurer les consultations gratuites, ils n'auront plus honte de s'y montrer. » Car mes moindres gestes sont observés et commentés. C'est bien naturel.

KNOCK

Votre démarche est très louable, madame. Je vous en remercie.

LA DAME, *se lève, faisant mine de se retirer.*

Je suis enchantée, docteur, d'avoir fait votre connaissance. Je reste chez moi toutes les après-midi. Il vient quelques personnes. Nous faisons salon autour d'une vieille théière Louis XV que j'ai héritée de mon aïeule. Il y aura toujours une tasse de côté pour vous. *(Knock s'incline. Elle avance encore vers la porte.)* Vous savez que je suis réellement très, très tourmentée avec mes locataires et mes titres. Je passe des nuits sans dormir. C'est horriblement fatigant. Vous ne connaîtriez pas, docteur, un secret pour faire dormir?

KNOCK

Il y a longtemps que vous souffrez d'insomnie?

LA DAME

Très, très longtemps.

KNOCK

Vous en aviez parlé au docteur Parpalaid?

LA DAME

Oui, plusieurs fois.

KNOCK

Que vous a-t-il dit?

LA DAME

De lire chaque soir trois pages du Code civil.

C'était une plaisanterie. Le docteur n'a jamais pris la chose au sérieux.

KNOCK

Peut-être a-t-il eu tort. Car il y a des cas d'insomnie dont la signification est d'une exceptionnelle gravité.

LA DAME

Vraiment?

KNOCK

L'insomnie peut être due à un trouble essentiel de la circulation intracérébrale, particulièrement à une altération des vaisseaux dite « en tuyau de pipe ». Vous avez peut-être, madame, les artères du cerveau en tuyau de pipe.

LA DAME

Ciel! En tuyau de pipe! L'usage du tabac, docteur, y serait-il pour quelque chose? Je prise un peu.

KNOCK

C'est un point qu'il faudrait examiner. L'insomnie peut encore provenir d'une attaque profonde et continue de la substance grise par la névroglie.

LA DAME

Ce doit être affreux. Expliquez-moi cela, docteur.

KNOCK, *très posément.*

Représentez-vous un crabe, ou un poulpe, ou une gigantesque araignée en train de vous grignoter, de vous suçoter et de vous déchiqueter doucement la cervelle.

LA DAME

Oh! *(Elle s'effondre dans un fauteuil.)* Il y a de quoi s'évanouir d'horreur. Voilà certainement ce que je dois avoir. Je le sens bien. Je vous en prie, docteur, tuez-moi tout de suite. Une piqûre, une piqûre! Ou plutôt ne m'abandonnez pas. Je me sens glisser au dernier degré de l'épouvante. *(Un silence.)* Ce doit être absolument incurable? et mortel?

KNOCK

Non.

LA DAME

Il y a un espoir de guérison?

KNOCK

Oui, à la longue.

LA DAME

Ne me trompez pas, docteur. Je veux savoir la vérité.

KNOCK

Tout dépend de la régularité et de la durée du traitement.

LA DAME

Mais de quoi peut-on guérir? De la chose en tuyau de pipe, ou de l'araignée? Car je sens bien que, dans mon cas, c'est plutôt l'araignée.

KNOCK

On peut guérir de l'un et de l'autre. Je n'oserais peut-être pas donner cet espoir à un malade ordinaire, qui n'aurait ni le temps ni les moyens de se soigner, suivant les méthodes les plus modernes. Avec vous, c'est différent.

LA DAME, *se lève.*

Oh! je serai une malade très docile, docteur, soumise comme un petit chien. Je passerai partout où il le faudra, surtout si ce n'est pas trop douloureux.

KNOCK

Aucunement douloureux, puisque c'est à la radioactivité que l'on fait appel. La seule difficulté, c'est d'avoir la patience de poursuivre bien sagement la cure pendant deux ou trois années, et aussi d'avoir sous la main un médecin qui s'astreigne à une surveillance incessante du processus de guérison, à un calcul minutieux des doses radioactives — et à des visites presque quotidiennes.

LA DAME

Oh! moi, je ne manquerai pas de patience. Mais

c'est vous, docteur, qui n'allez pas vouloir vous occuper de moi autant qu'il faudrait.

KNOCK

Vouloir, vouloir! Je ne demanderais pas mieux. Il s'agit de pouvoir. Vous demeurez loin?

LA DAME

Mais non, à deux pas. La maison qui est en face du poids public.

KNOCK

J'essayerai de faire un bond tous les matins jusque chez vous. Sauf le dimanche. Et le lundi à cause de ma consultation.

LA DAME (elle s'assoit)

Mais ce ne sera pas trop d'intervalle, deux jours d'affilée? Je resterai pour ainsi dire sans soins du samedi au mardi?

KNOCK

Je vous laisserai des instructions détaillées. Et puis, quand je trouverai une minute, je passerai le dimanche matin ou le lundi après-midi.

LA DAME

Ah! tant mieux! tant mieux! *(Elle se relève.)* Et qu'est-ce qu'il faut que je fasse tout de suite?

KNOCK

Rentrez chez vous. Gardez la chambre. J'irai vous voir demain matin et je vous examinerai plus à fond.

LA DAME

Je n'ai pas de médicaments à prendre aujourd'hui?

KNOCK, *debout.*

Heu... si. *(Il bâcle une ordonnance.)* Passez chez M. Mousquet et priez-le d'exécuter aussitôt cette première petite ordonnance.

SCÈNE VI

KNOCK, LES DEUX GARS DE VILLAGE

KNOCK, *à la cantonade.*

Mais, Mariette, qu'est-ce que c'est que tout ce monde? *(Il regarde sa montre.)* Vous avez bien annoncé que la consultation gratuite cessait à onze heures et demie?

LA VOIX DE MARIETTE

Je l'ai dit. Mais ils veulent rester.

KNOCK

Quelle est la première personne? *(Deux gars s'avancent. Ils se retiennent de rire, se poussent le coude, clignent de l'œil, pouffant soudain. Derrière eux, la foule s'amuse de leur manège et devient assez bruyante. Knock feint de ne rien remarquer.)* Lequel de vous deux?

LE PREMIER GARS, *regard de côté, dissimulation de rire et légère crainte.*

Hi! hi! hi! Tous les deux. Hi! hi! hi!

KNOCK

Vous n'allez pas passer ensemble?

LE PREMIER

Si! si! hi! hi! Si! si! *(Rires à la cantonade.)*

KNOCK

Je ne puis pas vous recevoir tous les deux à la fois. Choisissez. D'abord, il me semble que je ne vous ai pas vus tantôt. Il y a des gens avant vous.

LE PREMIER

Ils nous ont cédé leur tour. Demandez-leur. Hi! hi! *(Rires et gloussements.)*

LE SECOND, *enhardi.*

Nous deux, on va toujours ensemble. On fait la paire. Hi! hi! hi! *(Rires à la cantonade.)*

KNOCK, *il se mord la lèvre et du ton le plus froid :*

Entrez. *(Il referme la porte. Au premier gars.)* Déshabillez-vous. *(Au second, lui désignant une chaise.)* Vous, asseyez-vous là. *(Ils échangent encore des signes, et gloussent, mais en se forçant un peu.)*

LE PREMIER, *il n'a plus que son pantalon et sa chemise.*

Faut-il que je me mette tout nu?

KNOCK

Enlevez encore votre chemise. *(Le gars apparaît en gilet de flanelle.)* Ça suffit. *(Knock s'approche, tourne autour de l'homme, palpe, percute, ausculte, tire sur la peau, retourne les paupières, retrousse les lèvres. Puis il va prendre un laryngoscope à réflecteur, s'en casque lentement, en projette soudain la lueur aveuglante sur le visage du gars, au fond de son arrière-gorge, sur ses yeux. Quand l'autre est maté, il lui désigne la chaise longue.)* Étendez-vous là-dessus. Allons. Ramenez les genoux. *(Il palpe le ventre, applique çà et là le stéthoscope.)* Allongez le bras. *(Il examine le pouls. Il prend la pression artérielle.)* Bien. Rhabillez-vous. *(Silence. L'homme se rhabille.)* Vous avez encore votre père?

LE PREMIER

Non, il est mort.

KNOCK

De mort subite?

LE PREMIER

Oui.

KNOCK

C'est ça. Il ne devait pas être vieux?

LE PREMIER

Non, quarante-neuf ans.

KNOCK

Si vieux que ça! *(Long silence. Les deux gars n'ont pas la moindre envie de rire. Puis Knock va fouiller dans un coin de la pièce contre un meuble, et rapporte de grands cartons illustrés qui représentent les principaux organes chez l'alcoolique avancé, et chez l'homme normal. Au premier gars, avec courtoisie.)* Je vais vous montrer dans quel état sont vos principaux organes. Voilà les reins d'un homme ordinaire. Voici les vôtres. *(Avec des pauses.)* Voici votre foie. Voici votre cœur. Mais chez vous, le cœur est déjà plus abîmé qu'on ne l'a représenté là-dessus.

Puis Knock va tranquillement remettre les tableaux à leur place.

LE PREMIER, *très timidement.*

Il faudrait peut-être que je cesse de boire?

KNOCK

Vous ferez comme vous voudrez.

Un silence.

LE PREMIER

Est-ce qu'il y a des remèdes à prendre?

KNOCK

Ce n'est guère la peine. *(Au second.)* A vous, maintenant.

LE PREMIER

Si vous voulez, monsieur le docteur, je reviendrai à une consultation payante?

KNOCK

C'est tout à fait inutile.

LE SECOND, *très piteux.*

Je n'ai rien, moi, monsieur le docteur.

KNOCK

Qu'est-ce que vous en savez?

LE SECOND, *il recule en tremblant.*

Je me porte bien, monsieur le docteur.

KNOCK

Alors pourquoi êtes-vous venu?

LE SECOND, *même jeu.*

Pour accompagner mon camarade.

KNOCK

Il n'était pas assez grand pour venir tout seul? Allons! déshabillez-vous.

LE SECOND, *il va vers la porte.*

Non, non, monsieur le docteur, pas aujourd'hui. Je reviendrai, monsieur le docteur.

Silence. Knock ouvre la porte. On entend le brouhaha des gens qui rient d'avance. Knock laisse passer les deux gars qui sortent avec des mines diversement hagardes et terrifiées, et traversent la foule soudain silencieuse comme à un enterrement.

RIDEAU

ACTE III

La grande salle de l'hôtel de la Clef. On y doit sentir l'hôtel de chef-lieu de canton en train de tourner au Médical-Hôtel. Les calendriers de liquoristes y subsistent. Mais les nickels, les ripolins et linges blancs de l'asepsie moderne y apparaissent.

SCÈNE I

MADAME RÉMY, SCIPION

MADAME RÉMY

Scipion, la voiture est arrivée?

SCIPION

Oui, madame.

MADAME RÉMY

On disait que la route était coupée par la neige.

SCIPION

Peuh! Quinze minutes de retard.

MADAME RÉMY

A qui sont ces bagages?

SCIPION

A une dame de Livron, qui vient consulter.

MADAME RÉMY

Mais nous ne l'attendions que pour ce soir.

SCIPION

Erreur. La dame de ce soir vient de Saint-Marcellin.

MADAME RÉMY

Et cette valise?

SCIPION

A Ravachol.

MADAME RÉMY

Comment! M. Parpalaid est ici?

SCIPION

A cinquante mètres derrière moi.

MADAME RÉMY

Qu'est-ce qu'il vient faire? Pas reprendre sa place, bien sûr?

SCIPION

Consulter, probable.

MADAME RÉMY

Mais il n'y a que le 9 et le 14 de disponibles. Je

garde le 9 pour la dame de Saint-Marcellin. Je mets la dame de Livron au 14. Pourquoi n'avez-vous pas dit à Ravachol qu'il ne restait rien?

SCIPION

Il restait le 14. Je n'avais pas d'instructions pour choisir entre la dame de Livron et Ravachol.

MADAME RÉMY

Je suis très ennuyée.

SCIPION

Vous tâcherez de vous débrouiller. Moi, il faut que je m'occupe de mes malades.

MADAME RÉMY

Pas du tout, Scipion. Attendez M. Parpalaid et expliquez-lui qu'il n'y a plus de chambres. Je ne puis pas lui dire ça moi-même.

SCIPION

Désolé, patronne. J'ai juste le temps de passer ma blouse. Le docteur Knock sera là dans quelques instants. J'ai à recueillir les urines du 5 et du 8, les crachats du 2, la température du 1, du 3, du 4, du 12, du 17, du 18, et le reste. Je n'ai pas envie de me faire engueuler!

MADAME RÉMY

Vous ne montez même pas les bagages de cette dame?

SCIPION

Et la bonne? Elle enfile des perles?

Scipion quitte la scène. Mme Rémy, en voyant apparaître Parpalaid, fait de même.

SCÈNE II

PARPALAID, seul, puis LA BONNE

LE DOCTEUR PARPALAID

Hum!... Il n'y a personne?... Madame Rémy!... Scipion!... C'est curieux... Voilà toujours ma valise. Scipion!...

LA BONNE, *en tenue d'infirmière.*

Monsieur? Vous demandez?

LE DOCTEUR

Je voudrais bien voir la patronne.

LA BONNE

Pourquoi, monsieur?

LE DOCTEUR

Pour qu'elle m'indique ma chambre.

LA BONNE

Je ne sais pas, moi. Vous êtes un des malades annoncés?

LE DOCTEUR

Je ne suis pas un malade, mademoiselle, je suis un médecin.

LA BONNE

Ah! vous venez assister le docteur? Le fait est qu'il en aurait besoin.

LE DOCTEUR

Mais, mademoiselle, vous ne me connaissez pas?

LA BONNE

Non, pas du tout.

LE DOCTEUR

Le docteur Parpalaid... Il y a trois mois encore, j'étais médecin de Saint-Maurice... Sans doute n'êtes-vous pas du pays?

LA BONNE

Si, si. Mais je ne savais pas qu'il y avait eu un médecin ici avant le docteur Knock. *(Silence.)* Vous m'excuserez, monsieur. La patronne va sûrement venir. Il faut que je termine la stérilisation de mes taies d'oreiller.

LE DOCTEUR

Cet hôtel a pris une physionomie singulière.

SCÈNE III

PARPALAID, puis MADAME RÉMY

MADAME RÉMY, *glissant un œil.*

Il est encore là! *(Elle se décide.)* Bonjour, monsieur Parpalaid. Vous ne venez pas pour loger, au moins?

LE DOCTEUR

Mais si... Comment allez-vous, madame Rémy?

MADAME RÉMY

Nous voilà bien! Je n'ai plus de chambres.

LE DOCTEUR

C'est donc jour de foire, aujourd'hui?

MADAME RÉMY

Non, jour ordinaire.

LE DOCTEUR

Et toutes vos chambres sont occupées, un jour

ordinaire? Qu'est-ce que c'est que tout ce monde-là?

MADAME RÉMY

Des malades.

LE DOCTEUR

Des malades?

MADAME RÉMY

Oui, des gens qui suivent un traitement.

LE DOCTEUR

Et pourquoi logent-ils chez vous?

MADAME RÉMY

Parce qu'il n'y a pas d'autre hôtel à Saint-Maurice. D'ailleurs, ils ne sont pas si à plaindre que cela, chez nous, en attendant notre nouvelle installation. Ils reçoivent tous les soins sur place. Et toutes les règles de l'hygiène moderne sont observées.

LE DOCTEUR

Mais d'où sortent-ils?

MADAME RÉMY

Les malades? Depuis quelque temps, il en vient d'un peu partout. Au début, c'étaient des gens de passage.

LE DOCTEUR

Je ne comprends pas.

MADAME RÉMY

Oui, des voyageurs qui se trouvaient à Saint-Maurice pour leurs affaires. Ils entendaient parler du docteur Knock, dans le pays, et à tout hasard ils allaient le consulter. Évidemment, sans bien se rendre compte de leur état, ils avaient le pressentiment de quelque chose. Mais si leur bonne chance ne les avait pas conduits à Saint-Maurice, plus d'un serait mort à l'heure qu'il est.

LE DOCTEUR

Et pourquoi seraient-ils morts?

MADAME RÉMY

Comme ils ne se doutaient de rien, ils auraient continué à boire, à manger, à faire cent autres imprudences.

LE DOCTEUR

Et tous ces gens-là sont restés ici?

MADAME RÉMY

Oui, en revenant de chez le docteur Knock, ils se dépêchaient de se mettre au lit, et ils commençaient à suivre le traitement. Aujourd'hui, ce n'est déjà plus pareil. Les personnes que nous recevons ont entrepris le voyage exprès. L'ennui, c'est que nous manquons de place. Nous allons faire construire.

LE DOCTEUR

C'est extraordinaire.

MADAME RÉMY, *après réflexion.*

En effet, cela doit vous sembler extraordinaire à vous. S'il fallait que vous meniez la vie du docteur Knock, je crois que vous crieriez grâce.

LE DOCTEUR

Hé! quelle vie mène-t-il donc?

MADAME RÉMY

Une vie de forçat. Dès qu'il est levé, c'est pour courir à ses visites. A dix heures, il passe à l'hôtel. Vous le verrez dans cinq minutes. Puis les consultations chez lui. Et les visites, de nouveau, jusqu'au bout du canton. Je sais bien qu'il a son automobile, une belle voiture neuve qu'il conduit à fond de train. Mais je suis sûre qu'il lui arrive plus d'une fois de déjeuner d'un sandwich.

LE DOCTEUR

C'est exactement mon cas à Lyon.

MADAME RÉMY

Ah?... Ici pourtant, vous aviez su vous faire une

petite vie tranquille. *(Gaillarde.)* Vous vous rappelez vos parties de billard dans l'estaminet?

LE DOCTEUR

Il faut croire que de mon temps les gens se portaient mieux.

MADAME RÉMY

Ne dites pas cela, monsieur Parpalaid. Les gens n'avaient pas l'idée de se soigner, c'est tout différent. Il y en a qui s'imaginent que dans nos campagnes nous sommes encore des sauvages, que nous n'avons aucun souci de notre personne, que nous attendons que notre heure soit venue de crever comme les animaux, et que les remèdes, les régimes, les appareils et tous les progrès, c'est pour les grandes villes. Erreur, monsieur Parpalaid. Nous nous apprécions autant que quiconque; et bien qu'on n'aime pas à gaspiller son argent, on n'hésite pas à se payer le nécessaire. Vous, monsieur Parpalaid, vous en êtes au paysan d'autrefois, qui coupait les sous en quatre, et qui aurait mieux aimé perdre un œil et une jambe que d'acheter trois francs de médicaments. Les choses ont changé, Dieu merci.

LE DOCTEUR

Enfin, si les gens en ont assez d'être bien portants, et s'ils veulent s'offrir le luxe d'être malades, ils auraient tort de se gêner. C'est d'ailleurs tout bénéfice pour le médecin.

MADAME RÉMY, *très animée.*

En tout cas, personne ne vous laissera dire que le docteur Knock est intéressé. C'est lui qui a créé les consultations gratuites, que nous n'avions jamais connues ici. Pour les visites, il fait payer les personnes qui en ont les moyens — avouez qu'autrement ce serait malheureux! — mais il n'accepte rien des indigents. On le voit traverser tout le canton, dépenser dix francs d'essence et s'arrêter avec sa belle voiture devant la cahute d'une pauvre vieille qui n'a même pas un fromage de chèvre à lui donner. Et il ne faut pas insinuer non plus qu'il découvre des maladies aux gens qui n'en ont pas. Moi, la première, je me suis peut-être fait examiner dix fois depuis qu'il vient quotidiennement à l'hôtel. Chaque fois il s'y est prêté avec la même patience, m'auscultant des pieds à la tête, avec tous ses instruments, et y perdant un bon quart d'heure. Il m'a toujours dit que je n'avais rien, que je ne devais pas me tourmenter, que je n'avais qu'à bien manger et à bien boire. Et pas question de lui faire accepter un centime. La même chose pour M. Bernard, l'instituteur, qui s'était mis dans la tête qu'il était porteur de germes et qui n'en vivait plus. Pour le rassurer, le docteur Knock a été jusqu'à lui analyser trois fois ses excréments. D'ailleurs voici M. Mousquet qui vient faire une prise de sang au 15 avec le docteur. Vous pourrez causer ensemble. *(Après un temps de réflexion.)* Et puis, donnez-moi tout de même votre valise. Je vais essayer de vous trouver un coin.

SCÈNE IV

PARPALAID, MOUSQUET

MOUSQUET, *dont la tenue est devenue fashionable.*

Le docteur n'est pas encore là? Ah? le docteur Parpalaid! Un revenant, ma foi. Il y a si longtemps que vous nous avez quittés.

LE DOCTEUR

Si longtemps? Mais non, trois mois.

MOUSQUET

C'est vrai! Trois mois! Cela me semble prodigieux. *(Protecteur.)* Et vous êtes content à Lyon?

LE DOCTEUR

Très content.

MOUSQUET

Ah! tant mieux, tant mieux. Vous aviez peut-être là-bas une clientèle toute faite?

LE DOCTEUR

Heu... Je l'ai déjà accrue d'un tiers... La santé de Mme Mousquet est bonne?

MOUSQUET

Bien meilleure.

LE DOCTEUR

Aurait-elle été souffrante?

MOUSQUET

Vous ne vous rappelez pas, ces migraines dont elle se plaignait souvent? D'ailleurs vous n'y aviez pas attaché d'importance. Le docteur Knock a diagnostiqué aussitôt une insuffisance des sécrétions ovariennes, et prescrit un traitement opothérapique qui a fait merveille.

LE DOCTEUR

Ah! Elle ne souffre plus?

MOUSQUET

De ses anciennes migraines, plus du tout. Les lourdeurs de tête qu'il lui arrive encore d'éprouver proviennent uniquement du surmenage et n'ont rien que de naturel. Car nous sommes terriblement surmenés. Je vais prendre un élève. Vous n'avez personne de sérieux à me recommander?

LE DOCTEUR

Non, mais j'y penserai.

MOUSQUET

Ah! ce n'est plus la petite existence calme d'autrefois. Si je vous disais que, même en me couchant à onze heures et demie du soir, je n'ai pas toujours terminé l'exécution de mes ordonnances.

LE DOCTEUR

Bref, le Pérou.

MOUSQUET

Oh! il est certain que j'ai quintuplé mon chiffre d'affaires, et je suis loin de le déplorer. Mais il y a d'autres satisfactions que celle-là. Moi, mon cher docteur Parpalaid, j'aime mon métier; et j'aime à me sentir utile. Je trouve plus de plaisir à tirer le collier qu'à ronger mon frein. Simple question de tempérament. Mais voici le docteur.

SCÈNE V

LES MÊMES, KNOCK

KNOCK

Messieurs. Bonjour, docteur Parpalaid. Je pensais à vous. Vous avez fait bon voyage?

LE DOCTEUR

Excellent.

KNOCK

Vous êtes venu avec votre auto?

LE DOCTEUR

Non. Par le train.

KNOCK

Ah bon! Il s'agit de l'échéance, n'est-ce pas?

LE DOCTEUR

C'est-à-dire que je profiterai de l'occasion...

MOUSQUET

Je vous laisse, messieurs. *(A Knock.)* Je monte au 15.

SCÈNE VI

LES MÊMES, moins MOUSQUET

LE DOCTEUR

Vous ne m'accusez plus maintenant de vous avoir « roulé »?

KNOCK

L'intention y était bien, mon cher confrère.

LE DOCTEUR

Vous ne nierez pas que je vous ai cédé le poste, et le poste valait quelque chose.

KNOCK

Oh! vous auriez pu rester. Nous nous serions à peine gênés l'un l'autre. M. Mousquet vous a parlé de nos premiers résultats?

LE DOCTEUR

On m'en a parlé.

KNOCK, *fouillant dans son portefeuille.*

A titre tout à fait confidentiel, je puis vous communiquer quelques-uns de mes graphiques. Vous les rattacherez sans peine à notre conversation d'il y a trois mois. Les consultations d'abord. Cette courbe exprime les chiffres hebdomadaires. Nous partons de votre chiffre à vous, que j'ignorais, mais que j'ai fixé approximativement à 5.

LE DOCTEUR

Cinq consultations par semaine? Dites le double hardiment, mon cher confrère.

KNOCK

Soit. Voici mes chiffres à moi. Bien entendu, je ne compte pas les consultations gratuites du lundi. Mi-octobre, 37. Fin octobre : 90. Fin novembre : 128. Fin décembre : je n'ai pas encore fait le relevé, mais nous dépassons 150. D'ailleurs, faute de temps, je dois désormais sacrifier la courbe des consultations à celle des traitements. Par elle-même la consultation ne m'intéresse qu'à demi : c'est un art un peu rudimentaire, une sorte de pêche au filet. Mais le traitement, c'est de la pisciculture.

LE DOCTEUR

Pardonnez-moi, mon cher confrère : vos chiffres sont rigoureusement exacts?

KNOCK

Rigoureusement.

LE DOCTEUR

En une semaine, il a pu se trouver, dans le canton de Saint-Maurice, cent cinquante personnes qui se soient dérangées de chez elles pour venir faire queue, en payant, à la porte du médecin? On ne les y a pas amenées de force, ni par une contrainte quelconque?

KNOCK

Il n'y a fallu ni les gendarmes, ni la troupe.

LE DOCTEUR

C'est inexplicable.

KNOCK

Passons à la courbe des traitements. Début d'octobre, c'est la situation que vous me laissiez; malades en traitement régulier à domicile : 0, n'est-ce pas? *(Parpalaid esquisse une protestation molle.)* Fin octobre : 32. Fin novembre : 121. Fin décembre... notre chiffre se tiendra entre 245 et 250.

LE DOCTEUR

J'ai l'impression que vous abusez de ma crédulité.

KNOCK

Moi, je ne trouve pas cela énorme. N'oubliez pas que le canton comprend 2 853 foyers, et là-dessus 1 502 revenus réels qui dépassent 12 000 francs.

LE DOCTEUR

Quelle est cette histoire de revenus?

KNOCK, *il se dirige vers le lavabo.*

Vous ne pouvez tout de même pas imposer la charge d'un malade en permanence à une famille dont le revenu n'atteint pas douze mille francs. Ce serait abusif. Et pour les autres non plus, l'on ne saurait prévoir un régime uniforme. J'ai quatre échelons de traitements. Le plus modeste, pour les revenus de douze à vingt mille, ne comporte qu'une visite par semaine, et cinquante francs environ de frais pharmaceutiques par mois. Au sommet, le traitement de luxe, pour revenus supérieurs à cinquante mille francs, entraîne un minimum de quatre visites par semaine, et de trois cents francs par mois de frais divers : rayons X, radium, massages électriques, analyses, médication courante, etc...

LE DOCTEUR

Mais comment connaissez-vous les revenus de vos clients?

KNOCK, *il commence un lavage de mains minutieux.*

Pas par les agents du fisc, croyez-le. Et tant mieux pour moi. Alors que je dénombre 1 502 revenus supérieurs à 12 000 francs, le contrôleur de l'impôt en compte 17. Le plus gros revenu de sa liste est de 20 000. Le plus gros de la mienne, de 120 000. Nous ne concordons jamais. Il faut réfléchir que lui travaille pour l'État.

LE DOCTEUR

Vos informations à vous, d'où viennent-elles?

KNOCK, *souriant.*

De bien des sources. C'est un très gros travail. Presque tout mon mois d'octobre y a passé. Et je revise constamment. Regardez ceci : c'est joli, n'est-ce pas?

LE DOCTEUR

On dirait une carte du canton. Mais que signifient tous ces points rouges?

KNOCK

C'est la carte de la pénétration médicale. Chaque point rouge indique l'emplacement d'un malade régulier. Il y a un mois vous auriez vu ici une énorme tache grise : la tache de Chabrières.

LE DOCTEUR

Plaît-il?

KNOCK

Oui, du nom du hameau qui en formait le centre. Mon effort des dernières semaines a porté principalement là-dessus. Aujourd'hui, la tache n'a pas disparu, mais elle est morcelée. N'est-ce pas? On la remarque à peine.

Silence.

LE DOCTEUR

Même si je voulais vous cacher mon ahurissement, mon cher confrère, je n'y parviendrais pas. Je ne puis guère douter de vos résultats : ils me sont confirmés de plusieurs côtés. Vous êtes un homme étonnant. D'autres que moi se retiendraient peut-être de vous le dire : ils le penseraient. Ou alors, ils ne seraient pas des médecins. Mais me permettez-vous de me poser une question tout haut?

KNOCK

Je vous en prie.

LE DOCTEUR

Si je possédais votre méthode... si je l'avais bien en main comme vous... s'il ne me restait qu'à la pratiquer...

KNOCK

Oui.

LE DOCTEUR

Est-ce que je n'éprouverais pas un scrupule? *(Silence.)* Répondez-moi.

KNOCK

Mais c'est à vous de répondre, il me semble.

LE DOCTEUR

Remarquez que je ne tranche rien. Je soulève un point excessivement délicat.

Silence.

KNOCK

Je voudrais vous comprendre mieux.

LE DOCTEUR

Vous allez dire que je donne dans le rigorisme, que je coupe les cheveux en quatre. Mais, est-ce que, dans votre méthode, l'intérêt du malade n'est pas un peu subordonné à l'intérêt du médecin?

KNOCK

Docteur Parpalaid, vous oubliez qu'il y a un intérêt supérieur à ces deux-là.

LE DOCTEUR

Lequel?

KNOCK

Celui de la médecine. C'est le seul dont je me préoccupe.

Silence. Parpalaid médite.

LE DOCTEUR

Oui, oui, oui.

A partir de ce moment et jusqu'à la fin de la pièce, l'éclairage de la scène prend peu à peu les caractères de la Lumière Médicale, qui, comme on le sait, est plus riche en rayons verts et violets que la simple Lumière Terrestre...

KNOCK

Vous me donnez un canton peuplé de quelques milliers d'individus neutres, indéterminés. Mon rôle, c'est de les déterminer, de les amener à l'existence médicale. Je les mets au lit, et je regarde ce qui va pouvoir en sortir : un tuberculeux, un névropathe, un artério-scléreux, ce qu'on voudra, mais quelqu'un, bon Dieu! quelqu'un! Rien ne m'agace comme cet être ni chair ni poisson que vous appelez un homme bien portant.

LE DOCTEUR

Vous ne pouvez cependant pas mettre tout un canton au lit!

KNOCK, *tandis qu'il s'essuie les mains.*

Cela se discuterait. Car j'ai connu, moi, cinq personnes de la même famille, malades toutes à la fois, au lit toutes à la fois, et qui se débrouillaient fort bien. Votre objection me fait penser à ces fameux économistes qui prétendaient qu'une grande guerre moderne ne pourrait pas durer plus de six semaines. La vérité, c'est que nous manquons tous d'audace, que personne, pas même moi, n'osera aller jusqu'au bout et mettre toute une population au lit, pour voir, pour voir! Mais soit! Je vous accorderai qu'il faut des gens bien portants, ne serait-ce que pour soigner les autres, ou former, à l'arrière des malades en activité, une espèce de réserve. Ce que je n'aime pas, c'est que la santé prenne des airs de provocation, car alors vous avouerez que c'est excessif. Nous fermons les yeux sur un certain nombre de cas, nous laissons à un certain nombre de gens leur masque de prospérité. Mais s'ils viennent ensuite se pavaner devant nous et nous faire la nique, je me fâche. C'est arrivé ici pour M. Raffalens.

LE DOCTEUR

Ah! le colosse? Celui qui se vante de porter sa belle-mère à bras tendu?

KNOCK

Oui. Il m'a défié près de trois mois... Mais ça y est.

LE DOCTEUR

Quoi?

KNOCK

Il est au lit. Ses vantardises commençaient à affaiblir l'esprit médical de la population.

LE DOCTEUR

Il subsiste pourtant une sérieuse difficulté.

KNOCK

Laquelle?

LE DOCTEUR

Vous ne pensez qu'à la médecine... Mais le reste? Ne craignez-vous pas qu'en généralisant l'application de vos méthodes, on n'amène un certain ralentissement des autres activités sociales dont plusieurs sont, malgré tout, intéressantes?

KNOCK

Ça ne me regarde pas. Moi, je fais de la médecine.

LE DOCTEUR

Il est vrai que lorsqu'il construit sa ligne de chemin de fer, l'ingénieur ne se demande pas ce qu'en pense le médecin de campagne.

KNOCK

Parbleu! *(Il remonte vers le fond de la scène et s'approche d'une fenêtre.)* Regardez un peu ici, docteur Parpalaid. Vous connaissez la vue qu'on a de cette fenêtre. Entre deux parties de billard, jadis, vous n'avez pu manquer d'y prendre garde. Tout là-bas, le mont Aligre marque les bornes du canton. Les villages de Mesclat et de Trébures s'aperçoivent à gauche; et si, de ce côté, les maisons de Saint-Maurice ne faisaient pas une espèce de renflement, c'est tous les hameaux de la vallée que nous aurions en enfilade. Mais vous n'avez dû saisir là que ces beautés naturelles, dont vous êtes friand. C'est un paysage rude, à peine humain, que vous contempliez. Aujourd'hui, je vous le donne tout imprégné de médecine, animé et parcouru par le feu souterrain de notre art. La première fois que je me suis planté ici, au lendemain de mon arrivée, je n'étais pas trop fier; je sentais que ma présence ne pesait pas lourd. Ce vaste terroir se passait insolemment de moi et de mes pareils. Mais maintenant, j'ai autant d'aise à me trouver ici qu'à son clavier l'organiste des grandes orgues. Dans deux cent cinquante de ces maisons — il s'en faut que nous les voyions toutes à cause de l'éloignement et des feuillages — il y a deux cent cinquante chambres où quelqu'un confesse la médecine, deux cent cinquante lits où un corps étendu témoigne que la vie a un sens, et grâce à moi un sens médical. La nuit, c'est encore plus beau, car il y a les lumières. Et presque toutes les lumières sont à moi. Les non-malades dorment dans les ténèbres. Ils sont supprimés. Mais les malades ont gardé leur veilleuse ou leur lampe.

Tout ce qui reste en marge de la médecine, la nuit m'en débarrasse, m'en dérobe l'agacement et le défi. Le canton fait place à une sorte de firmament dont je suis le créateur continuel. Et je ne vous parle pas des cloches. Songez que, pour tout ce monde, leur premier office est de rappeler mes prescriptions; qu'elles sont la voix de mes ordonnances. Songez que, dans quelques instants, il va sonner dix heures, que pour tous mes malades, dix heures, c'est la deuxième prise de température rectale, et que, dans quelques instants, deux cent cinquante thermomètres vont pénétrer à la fois...

LE DOCTEUR, *lui saisissant le bras avec émotion.*

Mon cher confrère, j'ai quelque chose à vous proposer.

KNOCK

Quoi?

LE DOCTEUR

Un homme comme vous n'est pas à sa place dans un chef-lieu de canton. Il vous faut une grande ville.

KNOCK

Je l'aurai, tôt ou tard.

LE DOCTEUR

Attention! Vous êtes juste à l'apogée de vos

forces. Dans quelques années, elles déclineront déjà. Croyez-en mon expérience.

KNOCK

Alors?

LE DOCTEUR

Alors, vous ne devriez pas attendre.

KNOCK

Vous avez une situation à m'indiquer?

LE DOCTEUR

La mienne. Je vous la donne. Je ne puis pas mieux vous prouver mon admiration.

KNOCK

Oui... Et vous, qu'est-ce que vous deviendriez?

LE DOCTEUR

Moi? Je me contenterais de nouveau de Saint-Maurice.

KNOCK

Oui.

LE DOCTEUR

Et je vais plus loin. Les quelques milliers de francs que vous me devez, je vous en fais cadeau.

KNOCK

Oui... Au fond, vous n'êtes pas si bête qu'on veut bien le dire.

LE DOCTEUR

Comment cela?

KNOCK

Vous produisez peu, mais vous savez acheter et vendre. Ce sont les qualités du commerçant.

LE DOCTEUR

Je vous assure que...

KNOCK

Vous êtes même, en l'espèce, assez bon psychologue. Vous devinez que je ne tiens plus à l'argent dès l'instant que j'en gagne beaucoup; et que la pénétration médicale d'un ou deux quartiers de Lyon m'aurait vite fait oublier mes graphiques de Saint-Maurice. Oh! je n'ai pas l'intention de vieillir ici. Mais de là à me jeter sur la première occasion venue!

SCÈNE VII

LES MÊMES, MOUSQUET

Mousquet traverse discrètement la salle pour gagner la rue. Knock l'arrête.

KNOCK

Approchez-vous, cher ami. Savez-vous ce que me propose le docteur Parpalaid?... Un échange de postes. J'irais le remplacer à Lyon. Il reviendrait ici.

MOUSQUET

C'est une plaisanterie.

KNOCK

Pas du tout. Une offre très sérieuse.

MOUSQUET

Les bras m'en tombent... Mais, naturellement, vous refusez?

LE DOCTEUR

Pourquoi le docteur Knock refuserait-il?

MOUSQUET, *à Parpalaid.*

Parce que, quand en échange d'un hammerless de deux mille francs on leur offre un pistolet à air comprimé « Euréka », les gens qui ne sont pas fous ont l'habitude de refuser. Vous pourriez aussi proposer au docteur un troc d'automobiles.

LE DOCTEUR

Je vous prie de croire que je possède à Lyon une clientèle de premier ordre. J'ai succédé au docteur Merlu, qui avait une grosse réputation.

MOUSQUET

Oui, mais il y a trois mois de ça. En trois mois, on fait du chemin. Et encore plus à la descente qu'à la montée. *(A Knock.)* D'abord, mon cher docteur, la population de Saint-Maurice n'acceptera jamais.

LE DOCTEUR

Qu'a-t-elle à voir là-dedans? Nous ne lui demanderons pas son avis.

MOUSQUET

Elle vous le donnera. Je ne vous dis pas qu'elle fera des barricades. Ce n'est pas la mode du pays et nous manquons de pavés. Mais elle pourrait vous remettre sur la route de Lyon. *(Il aperçoit Mme Rémy.)* D'ailleurs, vous allez en juger.

Entre madame Rémy, portant des assiettes.

SCÈNE VIII

LES MÊMES, MADAME RÉMY

MOUSQUET

Madame Rémy, apprenez une bonne nouvelle. Le docteur Knock nous quitte, et le docteur Parpalaid revient.

Elle lâche sa pile d'assiettes, mais les rattrape à temps, et les tient appliquées sur sa poitrine, en rosace.

MADAME RÉMY

Ah! mais non! Ah! mais non! Moi je vous dis que ça ne se fera pas. *(A Knock.)* Ou alors il faudra qu'ils vous enlèvent de nuit en aéroplane, parce que j'avertirai les gens et on ne vous laissera pas partir. On crèvera plutôt les pneus de votre voiture. Quant à vous, monsieur Parpalaid, si c'est pour ça que vous êtes venu, j'ai le regret de vous dire que je ne dispose plus d'une seule chambre, et quoique nous soyons le 4 janvier, vous serez dans l'obligation de coucher dehors.

Elle va mettre ses assiettes sur une table.

LE DOCTEUR, *très ému.*

Bien, bien! L'attitude de ces gens envers un homme qui leur a consacré vingt-cinq ans de sa vie est un scandale. Puisqu'il n'y a plus de place à Saint-Maurice que pour le charlatanisme, je préfère gagner honnêtement mon pain à Lyon — honnêtement, et d'ailleurs largement. Si j'ai songé un instant à reprendre mon ancien poste, c'était, je l'avoue, à cause de la santé de ma femme, qui ne s'habitue pas à l'air de la grande ville. Docteur Knock, nous réglerons nos affaires le plus tôt possible. Je repars ce soir.

KNOCK

Vous ne nous ferez pas cet affront, mon cher confrère. Mme Rémy, dans la surprise d'une nouvelle d'ailleurs inexacte, et dans la crainte où elle était de laisser tomber ses assiettes, n'a pu garder le contrôle de son langage. Ses paroles ont trahi sa pensée. Vous voyez : maintenant que sa vaisselle est en sécurité, Mme Rémy a retrouvé sa bienveillance naturelle, et ses yeux n'expriment plus que la gratitude que partage toute la population de Saint-Maurice pour vos vingt-cinq années d'apostolat silencieux.

MADAME RÉMY

Sûrement, M. Parpalaid a toujours été un très brave homme. Et il tenait sa place aussi bien qu'un autre tant que nous pouvions nous passer de médecin. Ce n'était ennuyeux que lorsqu'il y avait épidémie. Car vous ne me direz pas qu'un vrai médecin aurait laissé mourir tout ce monde au temps de la grippe espagnole.

LE DOCTEUR

Un vrai médecin! Quelles choses il faut s'entendre dire! Alors, vous croyez, madame Rémy, qu'un « vrai médecin » peut combattre une épidémie mondiale? A peu près comme le garde champêtre peut combattre un tremblement de terre. Attendez la prochaine, et vous verrez si le docteur Knock s'en tire mieux que moi.

MADAME RÉMY

Le docteur Knock... écoutez, monsieur Parpalaid. Je ne discuterai pas d'automobile avec vous, parce que je n'y entends rien. Mais je commence à savoir ce que c'est qu'un malade. Eh bien, je puis vous dire que dans une population où tous les gens chétifs sont déjà au lit, on l'attend de pied ferme, votre épidémie mondiale. Ce qu'il y a de terrible, comme l'expliquait l'autre jour encore M. Bernard, à la conférence, c'est un coup de tonnerre dans un ciel bleu.

MOUSQUET

Mon cher docteur, je ne vous conseille pas de soulever ici des controverses de cet ordre. L'esprit pharmaco-médical court les rues. Les notions abondent. Et le premier venu vous tiendra tête.

KNOCK

Ne nous égarons pas dans des querelles d'école. Mme Rémy et le docteur Parpalaid peuvent différer de conceptions, et garder néanmoins les rapports les plus courtois. *(A Mme Rémy.)* Vous avez bien une chambre pour le docteur?

MADAME RÉMY

Je n'en ai pas. Vous savez bien que nous arrivons à peine à loger les malades. Si un malade se présentait, je réussirais peut-être à le caser, en faisant l'impossible parce que c'est mon devoir.

KNOCK

Mais si je vous disais que le docteur n'est pas en état de repartir dès cet après-midi, et que, médicalement parlant, un repos d'une journée au moins lui est nécessaire?

MADAME RÉMY

Ah! ce serait autre chose... Mais... M. Parpalaid n'est pas venu consulter?

KNOCK

Serait-il venu consulter que la discrétion professionnelle m'empêcherait peut-être de le déclarer publiquement.

LE DOCTEUR

Qu'allez-vous chercher là? Je repars ce soir et voilà tout.

KNOCK, *le regardant.*

Mon cher confrère, je vous parle très sérieusement. Un repos de vingt-quatre heures vous est indispensable. Je déconseille le départ aujourd'hui, et au besoin je m'y oppose.

MADAME RÉMY

Bien, bien, docteur. Je ne savais pas. M. Parpalaid aura un lit, vous pouvez être tranquille. Faudra-t-il prendre sa température?

KNOCK

Nous recauserons de cela tout à l'heure.

Mme Rémy se retire.

MOUSQUET

Je vous laisse un instant, messieurs. *(A Knock.)* J'ai cassé une aiguille, et je vais en prendre une autre à la pharmacie.

Il sort.

SCÈNE IX

KNOCK, PARPALAID

LE DOCTEUR

Dites donc, c'est une plaisanterie? *(Petit silence.)* Je vous remercie, de toute façon. Ça ne m'amusait pas de recommencer ce soir même huit heures de voyage. *(Petit silence.)* Je n'ai plus vingt ans et je m'en aperçois. *(Silence.)* C'est admirable, comme vous gardez votre sérieux. Tantôt, vous avez eu un air pour me dire ça... *(Il se lève.)* J'avais beau savoir que c'était une plaisanterie et connaître les ficelles du métier... oui, un air et un œil... comme si vous m'aviez scruté jusqu'au fond des organes... Ah! c'est très fort.

KNOCK

Que voulez-vous! Cela se fait un peu malgré moi. Dès que je suis en présence de quelqu'un, je ne puis pas empêcher qu'un diagnostic s'ébauche en moi... même si c'est parfaitement inutile, et hors de propos. *(Confidentiel.)* A ce point que, depuis quelque temps, j'évite de me regarder dans la glace.

LE DOCTEUR

Mais... un diagnostic... que voulez-vous dire? un diagnostic de fantaisie, ou bien?...

KNOCK

Comment, de fantaisie? Je vous dis que malgré moi quand je rencontre un visage, mon regard se jette, sans même que j'y pense, sur un tas de petits signes imperceptibles... la peau, la sclérotique, les pupilles, les capillaires, l'allure du souffle, le poil... que sais-je encore, et mon appareil à construire des diagnostics fonctionne tout seul. Il faudra que je me surveille, car cela devient idiot.

LE DOCTEUR

Mais c'est que... permettez... J'insiste d'une manière un peu ridicule, mais j'ai mes raisons... Quand vous m'avez dit que j'avais besoin d'une journée de repos, était-ce par simple jeu, ou bien?... Encore une fois, si j'insiste, c'est que cela répond à certaines préoccupations que je puis avoir. Je ne suis pas sans avoir observé sur moi-même telle ou telle chose, depuis quelque temps... et ne fût-ce qu'au point de vue purement théorique, j'aurais été très curieux de savoir si mes propres observations coïncident avec l'espèce de diagnostic involontaire dont vous parlez.

KNOCK

Mon cher confrère, laissons cela pour l'instant.

(Sonnerie de cloches.) Dix heures sonnent. Il faut que je fasse ma tournée. Nous déjeunerons ensemble, si vous voulez bien me donner cette marque d'amitié. Pour ce qui est de votre état de santé, et des décisions qu'il comporte peut-être, c'est dans mon cabinet, cet après-midi, que nous en parlerons plus à loisir.

Knock s'éloigne. Dix heures achèvent de sonner. Parpalaid médite, affaissé sur une chaise. Scipion, la bonne, Mme Rémy paraissent, porteurs d'instruments rituels, et défilent, au sein de la Lumière Médicale.

RIDEAU

DU MÊME AUTEUR

MORCEAUX CHOISIS (Gallimard).

Œuvres poétiques

LA VIE UNANIME (Gallimard).

UN ÊTRE EN MARCHE (Flammarion).

ODES ET PRIÈRES (Gallimard).

EUROPE (Gallimard).

LE VOYAGE DES AMANTS (Gallimard).

CHANT DES DIX ANNÉES (Gallimard).

L'HOMME BLANC (Flammarion).

PIERRES LEVÉES, *suivi de* MAISONS (Flammarion).

CHOIX DE POÈMES (Gallimard).

PETIT TRAITÉ DE VERSIFICATION (Gallimard).

Romans et contes

LE BOURG RÉGÉNÉRÉ (Gallimard).

LE VIN BLANC DE LA VILLETTE (Gallimard).

MORT DE QUELQU'UN (Gallimard).

LES COPAINS (Gallimard).

DONOGOO-TONKA (Gallimard).

PSYCHÉ
- I : LUCIENNE (Gallimard).
- II : LE DIEU DES CORPS (Gallimard).
- III : QUAND LE NAVIRE... (Gallimard).

LES HOMMES DE BONNE VOLONTÉ (27 vol.) (Flammarion).

LES HOMMES DE BONNE VOLONTÉ (édition intégrale en 4 vol.) (Flammarion).

BERTRAND DE GANGES (Flammarion).

LE MOULIN ET L'HOSPICE (Flammarion).

VIOLATION DE FRONTIÈRES (Flammarion).

VERDUN (Flammarion).

LE FILS DE JERPHANION (Flammarion).

UNE FEMME SINGULIÈRE (Flammarion).

LE BESOIN DE VOIR CLAIR (Flammarion).

MÉMOIRES DE MADAME CHAUVEREL (2 vol.) (Flammarion).

UN GRAND HONNÊTE HOMME (Flammarion).

PORTRAITS D'INCONNUS (Flammarion).

Théâtre

CROMEDEYRE-LE-VIEIL (Gallimard).

M. LE TROUHADEC SAISI PAR LA DÉBAUCHE (Gallimard).

KNOCK (Gallimard).

LE MARIAGE DE LE TROUHADEC (Gallimard).

LE DICTATEUR (Gallimard).

JEAN LE MAUFRANC (Gallimard).

MUSSE (Gallimard).

VOLPONE (en collaboration avec Stefan Zweig) (Gallimard).

DONOGOO (Gallimard).

BOËN (Gallimard).

GRÂCE ENCORE POUR LA TERRE (Gallimard).

PIÈCES EN UN ACTE (Gallimard).

Essais

PUISSANCES DE PARIS (Gallimard).

LA VISION EXTRA-RÉTINIENNE ET LE SENS PAROPTIQUE (Gallimard).

LA VÉRITÉ EN BOUTEILLES (Trémois).

PROBLÈMES EUROPÉENS (Flammarion).

VISITE AUX AMÉRICAINS (Flammarion).

POUR L'ESPRIT ET LA LIBERTÉ (Gallimard).

LE COUPLE FRANCE-ALLEMAGNE (Flammarion).

CELA DÉPEND DE VOUS (Flammarion).

SEPT MYSTÈRES DU DESTIN DE L'EUROPE (Éd. de la Maison Française).

UNE VUE DES CHOSES (Éd. de la Maison Française).

RETROUVER LA FOI (Flammarion).

LE PROBLÈME N° 1 (Plon).

PARIS DES HOMMES DE BONNE VOLONTÉ *(avec ill. et plans)* (Flammarion).

SALSETTE DÉCOUVRE L'AMÉRIQUE, *suivi de* LETTRES DE SALSETTE (Flammarion).

SAINTS DE NOTRE CALENDRIER (Flammarion).

INTERVIEWS AVEC DIEU (Flammarion).

EXAMEN DE CONSCIENCE DES FRANÇAIS (Flammarion).

PASSAGERS DE CETTE PLANÈTE, OÙ ALLONS-NOUS ? (Grasset).

SOUVENIRS ET CONFIDENCES D'UN ÉCRIVAIN (Arthème Fayard).

SITUATION DE LA TERRE (Flammarion).

HOMMES, MÉDECINS, MACHINES (Flammarion).

LES HAUTS ET LES BAS DE LA LIBERTÉ (Flammarion).

POUR RAISON GARDER (3 vol.) (Flammarion).

NAPOLÉON PAR LUI-MÊME (Librairie Académique Perrin).

LETTRES À UN AMI (première et deuxième série) (Flammarion).

AI-JE FAIT CE QUE J'AI VOULU? (Wesmael-Charlier).

LETTRE OUVERTE CONTRE UNE VASTE CONSPIRATION (Albin Michel).

MARC-AURÈLE OU L'EMPEREUR DE BONNE VOLONTÉ (Flammarion).

AMITIÉS ET RENCONTRES (Flammarion).

CONNAISSANCE DE JULES ROMAINS *(en coll. avec André Bourin)* (Flammarion).

DISCOURS DE RÉCEPTION DE M. JULES ROMAINS À L'ACADÉMIE FRANÇAISE ET RÉPONSE DE M. GEORGES DUHAMEL (Flammarion).

DISCOURS DE RÉCEPTION DE M. FERNAND GREGH À L'ACADÉMIE FRANÇAISE ET RÉPONSE DE M. JULES ROMAINS (Flammarion).

DISCOURS DE RÉCEPTION DE M. JEAN ROSTAND À L'ACADÉMIE FRANÇAISE ET RÉPONSE DE M. JULES ROMAINS (Gallimard).

Psyché :

LUCIENNE — LE DIEU DES CORPS — QUAND LE NAVIRE, Folio *n° 1671.*

Impression Bussière à Saint-Amand (Cher),
le 28 août 1991.
Dépôt légal : août 1991.
1er dépôt légal dans la collection : mars 1972.
Numéro d'imprimeur : 2500.
ISBN 2-07-036060-1./Imprimé en France.